高嶺の花には逆らえない
冬条一
illust.ここぁ
No one can resist the perfect girls.

# CONTENTS

No one can resist the perfect girls.

Design ■ Yuko Mucadeya + Nao Fukushima [musicagographics]

# 高嶺の花には逆らえない

No one can resist the perfect girls.

## CHARACTER

**佐原　葉**【さはら よう】
変わり者な主人公。あいりに一目惚れしている。

**立花あいり**【たちばな あいり】
学校一の美少女。みんなの高嶺の花。

**武田千鶴**【たけだ ちづる】
ぽっちゃり系な葉の昼友。料理が得意。

**進藤　新**【しんどう あらた】
葉のクラスメイトで友人。学校一のイケメン。

**佐原美紀**【さはら みき】
葉の妹。甘いものに目がない。

**佐原宗一郎**【さはら そういちろう】
葉の父。筋トレが趣味。

**佐原かなえ**【さはら かなえ】
葉の母。料理の修行中。

**笹嶋陽介**【ささじま ようすけ】
葉のクラスメイトで友人。何かと頼れるやつ。

**柳　文也**【やなぎ ふみや】
他クラスの葉の友人。サッカー部員。

**藤沢桃花**【ふじさわ とうか】
あいりと仲のいいクラスメイト。ギャル系。

**大澤柚李**【おおさわ ゆずり】
あいりと仲のいいクラスメイト。ボーイッシュ系。

# プロローグ

うららかな春の陽気が訪れる3月の下旬——来週から高校生になる俺は、自室のベッドで喪《そう》失《しつ》感に苛《さいな》まれていた。

出来立てほやほやの新築の臭いが、今が現実であるということを突きつけてくる。

ブルーな気分の原因は、冷蔵庫にあるプリンを妹に食われたからでも、お気に入りの漫画が最終回を迎えたからでもない。

選択を誤ったことで『初恋の女の子ともう会えない』という事態に陥《おちい》ってしまったからだ。

「はぁ……」

もう何回目のため息かもわからない。だってこんなことを1週間も続けているのだから。

うつ伏せから仰《あお》向《む》けに体勢を変え、シミ一つない天井を見る。

しばらくしてからベッドの棚に置いてある写真を手にし、天井に掲げながら被写体をまじまじと見つめた。写真が趣味な妹が撮ったものだ。

3年前——中学1年生の頃の俺と、メガネをかけた太った女の子。

人見知りだった彼女はシャッターを切る妹に怯《おび》えながら、俺の後ろに隠れるようにしてTシヤツの裾《すそ》をきゅっと握っている。

彼女は勉強が苦手で、運動音痴で、料理がヘタッピで……それでも少しずつできるようになりたいって、一生懸命頑張ってた。

そんな彼女を応援したくて、俺は毎日のように会いに行ってたっけな。

〝葉《よう》ちゃん……もっと頑張るから、また明日も会いに来てね〟

そう彼女が口癖のように言っていたのを覚えてる。

いつしか、健気《けなげ》に頑張る彼女が眩《まぶ》しく感じるようになった。

会えたときは胸がキュッとなる。家に帰っても頻繁に彼女のことを思い出す。

俺は気づいてしまった。


これが恋なんじゃないかって――。


そうして恋に落ちた俺が、初恋の子となんでもう会えなくなったのか。

それは転勤が多い父さんの仕事の都合で、中学1年生の夏休みにまた引っ越しをすることになったからだ。

俺の中ではいつの間にか引っ越しが当たり前になっていて、人との別れだって必然のように感じてた。

でも彼女だけは例外で、ずっとそばにいたいって……初めてそう思える相手だったんだ。

離れ離れになるのは辛《つら》かったけど、永遠の別れってわけじゃない。俺が中学を卒業したら、新居をこの街に建てることが前々から決まってたから。

だから3年後にまた彼女と会えるって、そう思いながらずっと中学時代を過ごしてきた。

そんな俺の希望は、今から1週間前に彼女の家を訪れた際に叶わぬものと知る。

全く違う名前の表札が掛かっていたからだ。

彼女が引っ越さない保証なんてどこにもない。そんな当たり前のことを、俺は全然頭に入れていなかった。

当時はスマホなんて持っていなかったから、連絡先も交換していない。

こんなことになるならちゃんと手紙でもなんでも、しっかりと連絡がつく方法を考えていればよかったと……そんな後悔のモヤモヤが、俺の貴重な春休みを奪い続けていた。

そして何よりの心残り。

それは最後の別れ際、泣きそうな彼女と交わした約束を守ってあげられそうにないこと。

〝葉《よう》ちゃん、もう泣かないから……絶対にまた会いに来てね〟

もしも彼女が、どこかで俺のことを待ってくれているのなら……俺は嘘《うそ》つきになるのだろう。

「お兄ちゃ～ん、ごは～ん！」

扉の向こうから晩飯を知らせる妹の声が聞こえてくる。

「いまいく～！」

ベッドから起き上がり、そう返事をして立ち上がった。

もう、やめよう。

過ぎ去ったことにくよくよしたって、どうにもならないんだから。

写真も捨てよう。

未練がましい俺は、思い出と決別しようとしてもなかなか忘れられないんだし。

ゴミ箱の前に立ち、そっと腕を下ろして手を離そうとした。

でも……いくら待っても指が開かない。


——もう、5分くらい自分の指と格闘している。

こういう優柔不断なところがときどき嫌になる。


く……く……よし、覚悟を決めたぞ！　さよならだ、初恋の子よ！

指の力を緩めようとしたとき——再び妹の声が聞こえる。

「お兄ちゃ〜ん？　は〜や〜くぅ〜！　お兄ちゃんのからあげ2個食べちゃうよ？」

「ちょっと待って〜！　というか2個はさすがにダメだからぁ！　ダメだからねぇ!?」

急いで机の引き出しを開け、一番奥のほうの取り出しづらいところに写真をしまった。

これは一つの思い出として残しておこう。

ただ、もうしばらくは取り出すことのないように——。

◇

今日から俺は高校生になる。

今までは学ランだったけど、これからはブレザーで登校だ。

そろそろネクタイをしないと……昨日父さんから教わって練習したからたぶん大丈夫だよね。

自室の姿見の前できゅっとネクタイを締める。そういえば、結び目の下にくぼみを作るとカッコよく見えるって父さんが言ってたな。

あれ、ちょっと曲がってるか？　案外くぼみを作るのって難しいんだな。

うーん、こうか。あれれ？　ダメだ。

「お兄ちゃ〜ん！　お母さんが玄関で写真撮るから降りてきてだって〜」

「りょーか〜い！」

とりあえず曲がってないからいいや。くぼみはまた明日からチャレンジしよう。

机に置いてあるスマホを取ろうとしたとき、先週しまった写真のことをふと思い出す。

いえばあれから一度も取り出してないし、だんだん考える機会も減っていった。そう
人は思い出すことをやめると、どんどん記憶が薄れていくと聞いたことがある。

気持ちの整理がついた今……あの子との思い出も、少しずつ風化していくのかもしれない。

——入学式は滞りなく終わり、クラスでは恒例の自己紹介が行われた。

何を言おうか迷ったが、俺は結局テンプレート化しているつまらない自己紹介で自分の番を終える。ちょっと受け狙いの路線も考えたけど、この高校には3年間通うことが確定しているからな。万が一大コケしたら一大事だからやめた。

それにしても腹減ったなぁ。昼飯なんだろう。

今日はお祝いだから久しぶりにＫＦＣが食いたい。帰りに母さんにおねだりしよ。

腹の虫を抑えるためのメニューが決まり、次はおねだりするセリフを考えてから脳内母さんとのシミュレーションを開始しようとした。

そのとき、頭の中は全く別のもので上塗りされることになる。

「立花《たちばな》あいりです――」

透き通る美声が俺を呼んだ気がした。

美しい姿勢で佇《たたず》み、艶やかなロングヘアの背景には揺らめく桜。

窓から吹き込むそよ風が、浅黄色のカーテンを揺らして春の匂いを運んでくる。息を呑《の》むほど美しい彼女はそっと、優しく髪を手で押さえた。

まるで体感型の映画を観ているようだ。

立花あいりと名乗る一人の女の子。

絶世の美少女という言葉は、この女の子のためにあるのではないだろうか。

あの子と過ごした日々の感情が甦《よみがえ》る――恋、という感情だった。

一目惚《ひとめぼ》れなんて架空のもの。そんな見ただけで惚れてしまうなんて、物語の世界だけだと思ってた。

でも……彼女に魅了されたという確固たる事実が、その存在を己《おのれ》自身で証明することとなる。

偶然、彼女と視線が重なった。胸の高鳴りが抑えられない。

なんでも人生において心臓が脈打つ回数というのは決まってるらしい。俺はこのとき、確実に寿命を磨《す》り減らしていたことだろう。

吸い込まれてしまうかのような潤んだ瞳にはきっと、俺の間抜けな顔が映ってるに違いない。

10秒……20秒……30秒……。

あ、あの、これ、いつまで続くんですかね？　そろそろ目線、外してもらえます？　俺は目線外せない病にかかってしまったみたいなので。どうかそちらからアクションをお願いします。目を逸《そ》らしたら負けとかないですから。ここ、格闘家の試合前の記者会見とかじゃないので。

ホント、おねがぁい……あぁ、もうダメかもしれない……。

心臓が破裂する。

# 第一章　俺の好きな子に告白した友人の様子がなんだかおかしい

俺は絶賛ぼーっと中。

突然始まったこの想いをどう消化すればいいのかわからず、放心状態である。

もしも駅のホームに立っていたら、転落して最悪の事態になる可能性もあるが安心してほしい。ここは我が家、佐原《さはら》家のリビングである。ちなみに俺の名前は葉《よう》。字面《じづら》だけだと女の子みたいに思われるけど、筋トレが趣味な細マッチョ男子だ。

友達には変わり者ってよく言われる。なんでだろ……たぶん明るくて面白いって意味だな。まったくもう、素直に褒められないなんて……みんな照れ屋さんなんだから。

「お兄ちゃん、どうしたの？」

ソファでナメクジのようになっている俺の様相に対し、不審に思った妹の美紀《みき》が様子を窺《うかが》ってくる。

美紀は俺の二つ年下で中学2年生。兄補正がなくても可愛い妹だ。兄補正が入るとやんちゃで可愛いけど困った妹である。

普通の兄妹仲だったら言わないいんだろうな。

でも俺たちは友達みたいな仲だから言っちゃう。

「美紀……どうやら俺は恋をしてしまったらしい」

「え、それって例の初恋の人に会えたってこと？」

「いや、全く違う人……今日学校で初めて会った」

「一目惚《ひとめぼ》れってやつ？　お兄ちゃんって案外ちょろインだったんだね」

「俺は一応男だから、言うならちょろ男にして……」

この事実には俺が一番驚いてる。

恋愛経験なんてほとんどないから気づかなかったけど、まさか俺がこんなにちょろかったなんて。

そりゃ今までもこの子可愛いなって人は何人もいたよ。

でもそれは、例えるならテレビ画面に映る女優を見るような感覚で、そこから恋に発展することなんて一度もなかった。

別に芸能人に惚れてしまう人を否定したいわけじゃなくて、あくまでも俺は遠巻きに見てしまうということを言いたいんだ。

美紀は右手に持ったスプーンをぷらぷらさせながら恋愛指南を始めた。

「お兄ちゃんをちょろ男にジョブチェンジさせちゃうくらいだから、すーんごく可愛いんでしょ？　モテモテだろうから、もう彼氏いるんじゃないのかな？」

「う……うぐ……全く考えてなかった」

「まぁそれはあとでちゃんと情報収集しないとね。とりあえず彼氏はいないと仮定して、お兄ちゃんはこれからどんどんアタックしていかないとダメだよ？」

「俺にできると思う？」

「う～ん、無理だね～」

「ですよね～」

こればっかりは俺だけじゃないはず。好きな子がいてもなかなか話しかけられなかったり、普段どおりの態度を取れなかったり。

ましてや俺は恋愛スキルレベル1だ。どうしていいのか皆目見当がつかない。

「でもお兄ちゃん、なにかアクションしないとその子取られちゃうよ？　可愛い子には必然的にいい男の子が群がってくるんだから」

「それは美紀《みき》の経験から来るアドバイス？」

「そゆこと～」

「はぁ～……美紀ばっかりずるいよ。俺にもその可愛さを少し分けてほしい」

美紀はガッツリ美人な母さんのＤＮＡを引き継いでる。対して俺は平凡顔の父さん似だ。

もうちょっとさ、中間はなかったのかね。

二人のいいとこを掛け合わせればさわやかイケメンが出来上がっても不思議じゃなかったと

思うの。

「う〜ん、お兄ちゃんはイケメンじゃないけど……フツメンではあるよ？」

「それ慰めになってないからね」

「ごめんごめん、このプリンあげるから許して」

「おい、それ俺のプリン。今すぐ返しなさい」

プリンは無事に奪還した。

美紀の言いたいことはおおむね正しい。ただでさえフツメンの俺が、何もしなかったらどうにもならないのは確かだから。

よし、まずは情報収集だ。そしたら立花《たちばな》さんとの会話に挑戦しよう。

◇

立花あいり。

出身中学は県外の女子校で、この高校には一般推薦で入学。趣味は料理で中学では料理研究部に所属していた。

愛想がよく、天使のような笑顔は男子の心を一瞬で虜《とりこ》にしてしまう。

可愛すぎる1年生が入学してきたと噂《うわさ》を聞きつけて、他学年の生徒がその美貌《びぼう》を拝みに来るほど、立花《たちばな》さんの存在は校内中に知れ渡っていた。

血液型はAB型で——え？　スリーサイズ？

俺が知ってたらただの変態。

でも風の噂ではFカップというのが耳に入ってきている。

ほんと偶然だから、自分から調査したとかそんなんじゃないから。

交友関係は女子のリーダー大澤《おおさわ》さん、ギャル系の藤沢《ふじさわ》さんと行動している。いつも三人で会話をしていることが多いが、美人揃《ぞろ》いのグループだから隙《すき》があれば男子がそこに混じってくる感じだ。

なお、立花さんに彼氏はいないらしい。

盛大なる歓喜をここに。

美紀《みき》のアドバイスどおり、確かな筋からの情報収集は終わった。

入学式のあの日からここまでに2週間もかかってしまったが、あとはアタックあるのみだ。

「——い、おーい、もしもーし」

「ふえ？」

「ふえ？　じゃなくて、早くプリント取ってよ」

「あー、ごめん陽介《ようすけ》。めっちゃ考え事してた」

ひらひらと、紙の束をこっちに差し出してきたのは前の席の笹嶋《ささじま》陽介。

入学早々、女子人気が高いクールガイだ。これほどまでにインテリ眼鏡《めがね》が似合う高校生はほかにいないだろう。

陽介とは入学してからすぐに意気投合、仲良くしている友達の一人だ。昼飯はいつも陽介が仮入部しているサッカー部の仲間たちと一緒に食べている。

俺は陽介から紙の束を受け取ると、1枚だけ机に置いて残りを後ろの席に送った。

「また立花のこと?」

「しー、聞こえたらどうすんの」

「そんなに気になるなら早く話しかければいいのに」

「こういうのはタイミングが大事なんだよ」

「いや、見てみな?　今一人じゃん」

「……き、今日はちょっとのどの調子が悪いからまた今度」

「それ昨日も聞いたよ」

俺は日和《ひよ》って立花さんに話しかけられないでいた。だが、学校生活は始まったばかり、チャンスはいくらでもあるんだ。焦る必要はないだろう。

「そんな風にうかうかしてたらすぐに彼氏できちゃうよ」

「耳が痛いです」

「のどの次は耳かよ」

なんで、なんでこんなに緊張するんだろう。立花《たちばな》さん以外の女子だったら誰でも気安く話しかけられるのに。

引っ越しが多かったから、そこら辺の高校生よりも人と話してきた人数は圧倒的に多い。だから初対面でも皆と同じように話しかけられると思っていた。

なのになんで……。

でも大丈夫、今日こそいつもどおりにいけば。

きっと、俺ならできる。


そう考えていたのだが——情報収集を終えてからさらに2週間も経ってしまった。

時はすでにゴールデンウィーク明けの初日である。

教室の扉の前で深呼吸をしつつ、何かプランを考えようとしたが妙案など浮かぶことはなかった。

なんで俺は未《いま》だに何も成果が得られていないんだ。

高嶺《たかね》の花には気軽に話しかけられないし、向こうからも話しかけて来ないから当然の結果だろうけどさ……。

ちなみにこのことを美紀《みき》に言ったら、ヘタレお兄ちゃん、女々しいお兄ちゃん、ふにゃち〇お兄ちゃんとかボロクソ叩かれた。

言っとくけど最後のは完全にアウトだからね。

美紀が最後に俺のふにゃ〇んを見たのなんて小学校低学年くらいだろ。今は立派に抜刀するようになったんだからね。

証拠を出せとか言われたら絶対に見せられないから反論しなかったけどさ。


俺は今日こそはと、決意を新たにして教室の扉を開けた。

おっ、立花さんが席にいるけど珍しく周りには誰もいない。

これは今世紀最大のチャンスなのではないか？

今ならいける気がする。俺の意志が変わらないうちに突撃だ。

カバンも置かず、まっすぐ立花さんとの距離を詰めに行く――そのとき。


「おい、ちょっと待てよ」


横暴なセリフとは似つかわしくない、爽やかな通る声が俺を呼び止めた。

目の前に立ち塞《ふさ》がったのは芸能人ばりに整った顔立ち。

バッチリと決まった髪型に、ほのかに漂う香水の香り。

この甘いマスクを見た女子はすぐにメロメロになってしまうことだろう。

もはや嫉妬を通り越し、対抗することが馬鹿らしくなるほどの超絶イケメン。クラス、いや、学校一のモテ男——進藤新《しんどうあらた》だ。

それにしてもなんだこのイケメン。最悪のタイミングで話しかけてきやがって。

「初めて話すと思うけど……名前は確か佐原《さはら》だったよな？」

「そうだけど、何か用？」

「あのさぁ……」

進藤は少し言いづらそうにしながら、耳打ちして告げてくる。

「鼻毛出てるぞ」

「え、マジで!?」

早朝の教室に響き渡る自身の声。立花《たちばな》さんも思わずこっちに顔を向けてくるが、今は見ないでいただきたい。

最悪なタイミングかと思ったけどその逆、最高のタイミングで話しかけてきた救世主じゃないか。もしもこのまま立花さんに声を掛けてたら、連休明けにいきなり話しかけてきたキモい鼻毛野郎の称号を付与されるところだった。

「助かったよ。そういうのなかなか言いづらいだろうに……いいやつだな」

「気にすんな。俺は進藤新。よろしく」

「知ってるよ。こんなイケメンほかにいないからね」

鼻毛がイケメンを召喚することなんてあるんだな。

とりあえず立花さんに話しかけるのはまた今度にしよう。

「佐原は部活とかやってるのか？」

「やってるよ。帰宅部の副部長に任命されて毎日おうちで忙しい。進藤は？」

「はは、部長は誰だよ。俺も部活には入ってないわ。暇なら帰りにどっか飯かカラオケ行かね？　友好の印に奢《おご》ってやってもいいよ」

「お、いいね部長。でも自分の分は自分で払うよ。いきなり悪いしさ」

「遠慮すんなって。今日小遣い入って余裕あるし。お前なんか面白そうだから今後も仲良くしようぜ。てか勝手に部長にすんな」

部長は辞退されてしまった。こうなったらほかの役職についてもらうしかない。

「じゃあ女子マネージャーでいい？」

「なんで性別指定なんだよ……お前ってよく変わったやつって言われるだろ」

「うん、たまに言われる。進藤はイケメンってよく言われてそう」

「よく言われるな」

そう、さらっと答える。

「そういう謙遜《けんそん》しないとこいいね。否定されたらムカついてドロップキックかましてたかも」

「やっぱ変わってるなお前。てか進藤《しんどう》じゃなくて新《あらた》でいいぞ。みんなそう呼んでるし」

「あ、そう？　なら俺も葉《よう》でいいよ。これからよろしくね、新きゅん」

「そのキショイ敬称だけは今すぐやめろ」

ぶはっと、お互い同時に噴き出した。

話が一区切りするのを見計らっていたかのように、クラスの女子が新のもとへやってくる。

「あ、あの！　進藤くん！」

「ん？　どうした高橋《たかはし》」

「も、もしよかったらなんだけど……今日の放課後、二人でどこか遊びに行かない？」

「あー、悪い。今日は佐原《さはら》と遊びに行くんだわ。また明日でもいいか？」

「う、うん……」

お断りされた高橋さんは、冷たい視線と無言の圧力で俺を攻撃してくる。

言いたいことはわかるぞ、お前が辞退しろと。

空気を読んで俺が断りを入れようとしたところ……新は高橋さんの頭に手を添える。スルッと髪を撫《な》でながら、襟足の毛先を軽く持ち上げて一言。

「それより髪切ったよね？　めっちゃ可愛いじゃん。明日、楽しみにしてるよ」

俺はとんでもない技を見てしまった。顔が紅潮《こうちょう》した高橋さんは今にも昇天してしまいそう

なほど、幸せな表情に満ち満ちている。

これがイケメンが成せる極意か。もしも俺が同じことをやったら、多分殴り飛ばされてんじゃないかな。

黙ったまま、二人はしばし見つめ合う。しばらくして高橋《たかはし》さんは新《あらた》のもとから離れていった。

「俺はいつでもよかったんだけど、大丈夫なの？」

「いいんだよ。先に約束したんだからさ」

新は気配りができるやつだな。初対面だけどお互いよそよそしい感じもなく気が合いそうだ。

それはさておき、一刻も早く鼻毛を抜きにいかねばならない。

新と別れてトイレに駆け込む。洗面所の鏡で要チェックだ。


——あれ？　鼻毛、どこら辺から出てるんだろう……。

◇

入学から2か月も経《た》てば学校生活は何気ない日常となり、交友関係は大きく変動することはない。

新とは休み時間に話したり食堂で一緒に飯を食ったりと、何かと関わる機会が増えた。会話も馬鹿話からコイバナまでする仲で、いい友人関係を築いていた。

放課後もよく遊びに誘われるし、それなりに楽しい高校生活を送っている。

それで、肝心の俺の恋はどうなっているのかだが……。

最近、どうもおかしい。

立花《たちばな》さんに会話を試みようとするたび、いろんな人に呼び止められる。

こんなにも偶然が重なることが果たしてあるのだろうか。学校では立花さんのことばっかり考えてるから、何かと関連付けてしまっている可能性もなくはないけどさ。

もう季節は初夏の６月。

いよいよヤバイ。このまま何も進展がないまま、夏休みに突入してしまうことも大いにありうる。何か打開策を考えなければ。

それにしても……立花さんと異様に目が合う気がする。やっぱりちょっと見すぎかな。キモいって思われてたらどうしよう。

ちなみにこの間みたいな失敗がないように、鼻毛カッターをハマゾンでポチって全剃《そ》りするようにした。あとは寝癖や目やにがないように毎朝しっかりチェックしてるし、その他もろもろ清潔感は常に意識するようにしてる。だから身だしなみが気になって立花さんが見てくるというわけではないはずだ。

それでも念のため、学校でトイレに行ったときには必ず鏡で身だしなみのチェックをする癖をつけた。

ネクタイよし、髪型よし、鼻毛はなし。うん、大丈夫だ。

一通り確認を終えてトイレから出ると、床に何かが落ちていることに気がついた。拾い上げると、それは水玉模様のハンカチだった。

「ひっ、触らないで！」

見知らぬ女子に投げかけられた言葉。

拾ってあげたハンカチを、俺の手から引ったくるようにして彼女は去っていく。その目は汚物を見るようなものだった。

確かに俺もトイレから出てきたばっかりだけどさ……ちゃんと手、洗いましたよ？　そんな風に言わなくても……。

こんな感じの嫌悪の眼差《まなざ》しが、ここのところ俺によく向けられている。実害はないんだけど、何もしていないから余計に気分が悪い。

「葉《よう》、どうしたんだ？」

俺がトイレ前でプチショックを受けていると、新《あらた》が声を掛けてきた。

ここは友人にチェックをお願いしたい。

「俺ってそんなに不潔に見える？」

「鼻毛出てたやつが今さら何気にしてんだよ」

「それは言わないお約束。なんか女子に避けられてるような気がするんだよね……」

「気にしすぎだろ。別におかしいところなんてないぞ。それよりも最近立花《たちばな》とはどんな感じよ」

ニヤつきながら新は俺と立花さんの仲について探りを入れてくる。

なんもないよ、ビックリするくらいに。俺を見ればわかるだろ。進展があったなら今頃ウキウキのウッキッキーだよ。さてはあれか、上手《うま》くいってない俺を見て楽しんでいるのか？

恋愛相談に乗ってもらったのが裏目に出たかな。

でも新は立花さんの友達の大澤《おおさわ》さん狙いらしいから、そっちの心配がない分相談はしやすいんだよね。

「なんもないよ。なんも」

「そんな落ち込むなよ。今度立花含めて遊びのセッティングしてやるからさ」

「え、ホントに？　マジ助かるよ」

からかってると勘違いしてごめんなさい。一生付いていきます。

「漏れそうだからもう行くな」

新はそのままトイレに姿を消した。

俺は教室に戻ろう。そう思ったとき、つい先ほど聞いたばかりの声が俺を呼び止める。

「あの……」

振り向くと、やはりさっきハンカチを拾ってあげた女の子で間違いなかった。

なんだ、さらに俺に罵声《ばせい》を浴びせに戻ってきたとか？

やめてくれよ。こう見えて打たれ弱いんだから。

いったい何を言われるのか考えを巡らせていると、俺の予想とは反した反応が返ってきた。

深々と頭を下げてくる。

「さ、さっきは失礼な態度を取ってごめんなさい！　ハンカチを拾ってくれたのに……ちょっと勘違いしてたみたいで……ホントごめんなさい！」

勘違いってなんだ。手を洗ってないと勘違いしたのかな。とりあえず俺は不潔だと誤解されてなかったようで安心した。

ひとしきり謝罪の言葉を述べると、女の子は俺の言葉を待たずに早々と立ち去っていく。

その後ろ姿を目で追っていると、視界の端に立花《たちばな》さんの姿が映り込んだ。

なぜか他クラスの教室前に一人で立っている。

またいつものように目が合う。さすがにここからだと遠すぎるから、もしかしたら目が合ってると思っているのは俺だけかもしれないけど。

「なんだ葉《よう》、まだそんなところで突っ立ってたのか」

トイレから出てきた新《あらた》のほうに意識がそれ、立花さんとの視線が外れた。

立花さんと目が合ってフリーズしてたって言うと、自意識過剰だってからかわれそうだからやめとこ。

「新が一人でかわいそうだから待っててあげてたんだよ」

「うわっ、鳥肌立ったわ」

「温めてあげようか？」

「逆効果だわ、勘弁してくれ」

「冗談はさておき、手洗った？　ちゃんと口に出して手を洗いましたと申告しないと俺みたいな目に遭っちゃうぞ」

「洗ったわ。なんだ申告って。意味わかんねぇこと言ってないでさっさと教室戻ろうぜ」

トイレから出てきた新と一緒に、俺は立花さんがいる方向とは真逆へ歩み出した。

ふと、振り返ってみる。

まだこっちを見てる。そんな風に感じたのは、やはり気のせいだろうか……。

◇

1週間後——移動教室前の僅《わず》かな休み時間。

俺は新に相談したいことがあると言って教室に残ってもらった。クラスメイトたちは物理室へと向かい、さっきまで賑やかだった室内は静まり返る。

俺たち以外、誰もいないことを確認してから高らかに宣言した。

「俺、告白する！」

勢いよく立ち上がったことで椅子《いす》がズズッと後退する。

俺は焦っていた。３年生の人気者の先輩が立花《たちばな》さんに告白をしたという情報を聞き付けたからだ。結果は断ったらしいが、うかうかしてたらいつ立花さんがほかの男に取られるかわかったものではない。

話しかけることすらできていない俺だが、こうなったら行くしかない。ダメ元なことは最初からわかってる。ただ、きっかけが欲しいのだ。

告白とは恋愛における最難関クエストといってもいい。恋愛スキルレベル１の俺だけど、果敢にも挑もうと決意した。

「なぁ葉《よう》、やめとけって。お前なんかがいきなり告白したって振られるだけだぜ？」

そんな俺の意気込みに待ったを掛けたのは新《あらた》だ。

「何を言うか。というか、この間言ってた遊びのセッティングしてくれるって話、どうなったの？」

「あ〜、忘れてたわ。だからちょっと落ち着けって」

「いや、多分この意気込みの灯火《ともしび》が消えてしまったら、俺はもう奮い立つことができないかもしれない。だから今行きたいんだ」

そう強がってはみたものの、新の言うように結果は明らかだろう。

だけど……次の可能性はないだろうか？

「立花さんって実はちょろインだったりしないかな？」

「ばーか、立花がこの高校でいったい何人に告られてると思ってんだ？　12人だぜ？　まだ入学して2か月しか経ってないってのに」

「週に一人以上は告られてるのか。そうなってくるとそろそろ嫌気がさして『もう断るのめんどくさいしOKしちゃおうかな』とか思ってるかもしれないよね」

「意味わからん。頭お花畑かよ」

「とにかく、俺はもう決めたんだ」

「……そうか、じゃあ13人目はお前だな」

「殺人事件みたいな言い方はやめてくれないかな」

俺の決意は固い。それはもうダイヤモンドくらいに……あれ、ダイヤモンドってトンカチで叩くと割れるってよーちゅーぶで見た気がする。

多分気のせいだな、うん。

「……で？　いつ告んの？」

「いま」

「は？　突然過ぎるだろ」

「もう待てない。今から行ってくる！」

こういうのは勢いが大切なんだ。

俺は今まで『今日は自然に交流する機会がなかったからまた今度でいいや』とか、『今日はタイミングが合わなかったからまた今度でいいや』とか、何かと自分の中で都合のいい言い訳をして、本当は掴《つか》めたチャンスをみすみす逃してきた。

そんな風にあれこれ考え過ぎるからよくなかったんだよな。

「ちょっと待て」

ガシッと俺の肩を掴んでくる新《あらた》。

なんだよ……そんな焦った顔して。も、もしかして俺のことが好きだったのか？

散々立花《たちばな》さんとの仲を探ってきたのって、実はそういうことだったのか？

今は多様性の時代だから、俺もそれを否定する気はない。

ただ、相手が悪い。俺は女の子しか愛せないんだ。

「ごめん新……俺にはもう心に決めた人が」

「は？　キモい死ね。１００回死ね」

「し、辛辣《しんらつ》過ぎやしないか!?」

「これから3限目だぞ？　振られたあとのことを考えろ。それに今って……授業中に告白でもする気か？　ムードもへったくれもないぞ」

確かに、言われてみたらそうだ。新に先に言っといてよかった。

オーケー、少しクールダウンしよう。ただしこの意志が弱らないように。

「まぁ言われてみればそうか。っていうか、新……ずっと言おうか迷ってたんだけど……」

「な、なんだよ？」

新はギクリという効果音が似合いそうな、引きつった表情を浮かべた。

ようやく気づいたのか。俺のせいじゃないよね。

「早く準備して物理室行かないと遅れるよ？」

「やば!?　気づいてたなら早く言えよバカ！」

「じゃ、お先」

「おい待て葉っぱ野郎！」

俺は荷物を持ち、新を背に教室を飛び出した。はやる気持ちをどうにか発散させたくて廊下を走るという禁忌を犯してしまったが、なんとか授業には間に合った。

ちなみに新は30秒の遅刻。おっかないことで有名な物理の先生に注意を受けていたが、なんとか事なきを得たようだ。えがったえがった。

教壇に立つ先生はブラウンのサングラスにポマードでばっちり決めたオールバック。もしも白衣じゃなくてスーツだったなら、どこかの組の人にしか見えないだろう。

ちなみに生徒から付けられた裏のあだ名はヤクセン。

「それじゃあ授業を始めるぞ。教科書忘れた愚か者はいないな？」

サングラス越しにでも伝わるおっかない眼光。本当はそっち系の人ですよね？

するとすぐに右手を挙げる一人の女の子。手など挙げなくても俺の視線はその子へ吸い込まれる。

「せ……先生……教科書……教室に忘れちゃいました……」

「……そうか。なら隣のやつに見せてもらえ」

黙って隣の人に見せてもらえばいいのに、わざわざ顔を真っ赤にして正直に申告する立花《たちばな》さん。うん、やっぱ可愛い。可愛いうえに正直者とか最高ですか。

というか先生、女子には甘いのかよ。

立花さんの可愛さに気持ちがふわふわしていると、物騒なワードがボソッと聞こえてくる。

「葉っぱ野郎、絶対に許さねぇ……」

声の主は新《あらた》だ。

そんなに怒んないでよ。あー怖い怖い。せっかくのイケメンが台無しだよ？

◇

昼休みに新から告白の仕方を提案され、放課後になったら立花さんにアタックすることに。

なんとセッティングも新がやってくれるという。さすが、できる恋愛マスターは一味違う。

そわそわしながらも午後の授業を終え、俺は告白スポットで定番の体育館裏に向かった。

ありきたり過ぎる場所な気もするけど、できる新のことだ。たぶん校内で一番ムードが高まるスポットだから、体育館裏をチョイスしたのだろう。

それにしても新のやつ、なんで時間ぴったりに来いなんて言ったんだろう。俺は早めに待っときたかったんだが……なんかこれからのことを考えると緊張してきた。


体育館裏に着くと、立花さんはもう待ってくれていた。

ただ立っているだけなのに絵になる。

美しい絵画を眺めるような感動とともに、待たせてしまったかと思うと気が引けた。

たった一歩足を踏み出すまでに、これだけ力を振り絞ったのは生まれて初めてかもしれない。今まで誰かが誰かに告白した話は山ほど聞いてきたけど、こんなにも勇気がいることだなんて……自分が当事者になって、その重みが痛いほどわかった。

俺が近づこうとしたとき、立花さんの向かい側に誰かがいることに気がついた。

あれは……あぁ、新か。わざわざ俺が来るまで話を繋《つな》げてくれてたのか。

あいつも律儀《りちぎ》なやつだ。

そう思って声をかけようとしたとき――信じられないワードが飛び込んでくる。

「――好きだ、立花《たちばな》。俺と付き合ってくれ」


――――え？

どういうことだ。いったい、何が起きてるんだ。


「……本気なの？　進藤《しんどう》くん」

「本気だよ。俺は立花が好きだ」

なんで、お前が俺より先に告白してるんだ。大澤《おおさわ》さん狙いだから、立花さんには興味ないって言ってたのに。

今まで相談に乗ってくれてたのはいったいなんだったんだ。

俺に告白させるって話は嘘《うそ》だったのか。

もしかして……これを見せつけるために時間ぴったりに来いなんて言ったのか？

ぐちゃぐちゃにかき混ぜた絵の具みたいに、さまざまな感情が心の中で入り混じる。

俺が会話に割って入る隙《すき》もなく、新《あら》の告白はあっという間に最終局面を迎えた。

そのセリフは言わないでほしいと……ただ、そう願うことしかできなかった。

「いいよ。付き合っても――」

――終わった。

心臓がもぎ取られたかのように、大切にしていたものをかち割られたかのように……俺の心は喪失感《そうしつかん》でいっぱいになる。

さっきまで前に踏み出そうとしていた右足は、徐々に後ろへと動きを変え始めた。

そうか……そうだったのか。立花さんは新のこと……。

もしかして、もしかしなくても、俺が目が合ってると思ってたのって勘違いで、あれはいつも俺の近くにいる新を見つめてたのか……。

こんなもん見せつけて、あいつ何考えてんだよ。

もしかして今日、教室に置き去りにしたことを恨んでわざとやってるのか？　いや、さすがにそんなわけないか。本当に新は立花さんのこと……。

新は男の俺から見てもカッコいい。俺が立花さんに一目惚《ひとめぼ》れしたように、もしかしたら立花さんも新に対して同じような感情を抱いていたのかもしれない。

所詮はフツメンの俺とは違う。

好きな人が自分じゃない誰かと両想いになる瞬間を、目の前で見せつけられる。

これ以上ないんじゃないかという苦痛が襲ってくる。

俺はもう……この場にいたら耐えることはできないだろう。きっと心が壊れてしまうから。

新《あら》たが一歩、立花《たちばな》さんへ歩み寄ったその瞬間——俺はその場を逃げるように立ち去った。

◇

「はぁ～……」

家に帰ってリビングのソファに倒れ込んだ。スプリングは俺の気分とは正反対に跳ね上がる。

人生で初めて経験する失恋の痛みは、俺の気力を根こそぎ奪い取っていた。本当に胸にぽっかりと穴が開いてしまったような感覚で、体に血液が循環していないみたい。

「お兄ちゃんなんかあったのー？」

俺の異常な心理状態に妹の美紀《みき》はすぐに気がついた。

「うん……振られた」

「え!?　お兄ちゃん告白したの!?」

「いや……告白してないけど終わった」

「なにそれ、どういうこと？」

「俺の友達が俺の好きな子と付き合ったんだよ」

「うわ〜、一番しんどいやつじゃん」

美紀には詳しいことは言わないようにした。何もしなかったから抜け駆けされたなんて惨めでしかないから。

「でもしょうがないよ。あいつイケメンだし……」

「あのねお兄ちゃん、別に人を好きになるのは顔が全てじゃないよ？　そんなのお兄ちゃんが一番わかってることじゃん」

「わかってる。わかってるよ。これは俺の言い訳だよ……なんにもできなかった自分への」

寝返ってリビングの天井を見つめた。

俺の初恋の子は顔だけ見ればそこまで可愛い子じゃなかった。だから美紀が言いたいことは痛いほどわかってるつもりだ。好きになる理由なんて一つじゃないことを。

改めて思う。美紀が言うように俺はふにゃち○野郎だ。

一目惚《ひとめぼ》れじゃなければ多分普通に声を掛けられたと思う。でも、ダメだった。好きを意識すると俺の意思に反して心にブレーキがかかってしまう。

全く考えたことがないわけじゃない。立花さんに俺はふさわしくないんじゃないかって。

それでも人はそんな簡単に変われないから、ありのままで勝負するしかない。ないものねだりはしないと思い続けてきた。

でももしかしたら、心のどこかで俺なんかと、自分を卑下《ひげ》していたのかもしれない。

恋って……難しいな。

もしも俺があのとき引っ越しをしていなければどうなってたのかな。あの子に告白してたんだろうか。付き合ってたんだろうか。

失恋したばっかなのに昔好きだった子のことなんか考えて、いったい俺は何してんだろ……。

そんな自己嫌悪に陥《おちい》っているとスマホが鳴った。画面に映し出されたのは新《あらた》の文字。どうするか迷ったが、俺は通話マークをタップすることにした。

俺に気を遣ったのか、美紀《みき》はリビングを出ていく。

「もしもし」

『よ、葉っぱくん』

「いったいなんの用だよ」

『いや〜悪いな葉《よう》。そういうことだからさ。残念だったなぁ〜』

「茶化すために電話してきたならもう切るよ?」

『まぁ待て待て。お前にお願いがあってさぁ。俺が立花《たちばな》と付き合ってること、まだ内緒にしてくれないか?』

「別に、言いふらすつもりなんてないよ」

『そりゃそうだよなぁ〜。目の前で惨めに失恋したんだもんな。マジウケる』

なんだこいつ。こんなクソ野郎だったのかよ。全然いつもとキャラ違うじゃん。

いったいどういうつもりで今まで俺に接してたのか問い詰めてやりたい。

『ま、そういうことだからよろしく。あ、ちなみに俺いまから立花の家行くから。それで今日は親いないらしいんだわ。そのあとのことは童貞のお前でもわかるだろ？　ははは』

「……そう、よかったね」

『そういじけんなって、これからもダチでいようぜ？』

「あぁ～……はいはい」

『んじゃ』

間を置かずにブチッと通話が途切れた。

スマホを持った腕を天井に振り上げたが、次のアクションを起こす直前で理性が勝つ。

あー、ヤバい。ムカつき過ぎてスマホぶん投げるとこだった。

悶々《もんもん》とした想いを5分ほど続けたところで、ビニール袋をぶら下げた美紀がリビングに戻ってきた。どうやらコンビニへ行っていたらしい。

「お兄ちゃん、顔がこわーい」

「……ごめん。今世紀最大クラスにイラついてるかもしれない」

「しょうがない、そんなお兄ちゃんには雪見でぇふく半分あげるー」

「み……美紀《みき》？　具合でも悪いのか？　2個しかない雪見でぇふくを半分くれるなんて……」

「今日は特別だよ？　だから元気だしてね。といっても失恋の痛みは時間しか解決してくれないんだけどねー」

ソファに二人で腰掛けて雪見でぇふくを頬張《ほおば》る。

美紀の優しさのおかげで……気持ちがほんの少しだけ楽になった。

とりあえず今日は早く寝よう。いやなことは寝て忘れればいい。

美紀がいうように、なんかのバラエティ番組で言ってたな。スーパードクター時間先生が全部解決してくれるって。

今はその先生に頼ることにしよう。

◇

翌朝、俺は重い足取りのまま教室の扉の前に立っていた。

さすがにスーパードクター時間先生でも1日やそこらで心の傷が癒えるわけもなく、昨日の憂鬱《ゆううつ》な気分を引きずったままだ。

でもしょうがない。なんとか切り替えていこう。

教室の扉を開けると、なんだか教室がざわついていた。

みんなの視線は一人の男子生徒に向けられている。それは昨日、俺が失恋した原因の人物。

俺もすぐ異変に気がついた。


――ない、本来そこにあるべきものが。


人違いかと思って、その生徒の正面に回った。間違いない……新《あらた》だ。

俺が昨日、新に抱いた怒りの感情は嘘《うそ》のように抜け落ちていた。むしろ心配になった。

「おい新、いったいどうしたんだよ……」

「よ、よう……なかなか似合うだろ？」

「いや、全然似合ってないんだが」


俺の目の前には高校生の制服を着たスキンヘッドの男が座っていた。

新のことを好意的に見ていたであろう女子からは、悲鳴が上がっている。

学校一のイケメンくんにいったい何があったのか……。


俺の好きな子に告白した友人の様子がなんだかおかしい。

# 第二章　抜け駆けされたけど終わらない恋

新《あらた》はみんなから質問攻めにあっていたが、ただのイメチェンとしか言わなかった。

毎日髪の毛をばっちりセットして、トイレに行くたびに鏡で毎回髪型のチェックをするほど。

そんなこだわりを持ったやつがボウズを通り越してスキンヘッドとかおかし過ぎる。

そういえば新は昨日、立花《たちばな》さんの家に行くとか言ってたな。そこで何かがあったとか……

いや、彼女の家にお邪魔すると髪の毛がなくなる現象っていったいなんだ。

俺は自分の席に着いてあれこれと思案していた。結局納得がいく答えが見つからずにいると、とんでもない出来事が起こる。

「お、おはよう……佐原《さはら》くん」

「え、お、おはよう」

目の前には憧れの立花さん。

腰の辺りで人差し指同士をちょんちょんやっている。

え……なんで立花さんが俺に挨拶《あいさつ》？　な、なんで？

初めての会話で嬉《うれ》しいけど……

テンパって変な声が出ちゃったよ。

一瞬のうちにいろんなことを考えまくった。

このクラスに佐原ってやつほかにいたっけとか、気づかないうちに別の世界線に迷い込んだんじゃないかとか。

もちろんそんな可能性は皆無だ。

「佐原くんって……お昼学食だったよね？」

「うん、そうだけど……」

「お弁当作り過ぎちゃったんだけど……よかったら食べてくれないかな？」

「…………は？」

何これ、なにこのベタベタなラブコメ展開。

おかしいだろ。

あれか、その弁当には毒が盛られててとかそういうミステリー系？

これが本当の『13人目はお前だ』ってやつですか？

「立花さんって……」

昨日から新と付き合ってるんだよね？　と、口に出かかってやめた。新は付き合ってることは口外するなと言ってたから、誰かに聞かれたらまずいことになる。

それに知られたくないのは立花さんも一緒かもしれないから、俺は知らないことにしといたほうがいいだろう。

新《あらた》に裏切られたからそんな優しさはいらないのではと一瞬考えたが、あの頭を見てちょっとだけ優しくしてやろうと思った。

――あ、わかったぞ。原因は新だ。

彼氏のために頑張って弁当を作ったけど、張り切って作り過ぎちゃったパターンだな。

おっちょこちょいの立花《たちばな》さん。可愛い。

俺が脳内思考に入り浸って返答に時間を要していると、立花さんはしゅんとした表情を見せる。

「や……やっぱり私なんかが作ったお弁当なんて……食べたくないよね」

「食べます。食べさせてくださいお願いします！」

その表情、可愛すぎるだろ。レッドカード。もう毒でもなんでも喰《く》らってやる。

というか昨日、失恋したんですけど。勝手にだけどあなたに。

「それで……その……」

立花さんは顔の前に両手を持っていく。また人差し指同士をちょんちょんしながら顔を少しだけ覆った。

俺がその先の言葉を促すように一言返事をすると、爆弾発言が飛び出してくる。

「これからは……その……よ……葉《よう》くんって呼んでも……いい？」

あ、俺今日死ぬの？


何これ、意味がわかんないんですけど。

可愛いんですけど。

反則級なんですけど。

もう一回言うけど昨日失恋したんですけど。

あなたに。

「う、うん、いいよ」

俺は平静を装うように返事をしたけど……混乱と嬉《うれ》しさと戸惑いで心理状態はカオスだよ。

「じゃ、じゃあ葉くん……お弁当はロッカーに入れておくから」

「はい、よろしくお願いします」

立花さんは俺の前から去っていった。みんな新の頭に気を取られ、この意味不明なイベントに気づいてる人は誰もいない。

それにしてもなんか違和感があるような。いや、この出来事の全てが違和感だらけではあるんだけど。

これ以上考えても埒《らち》が明かないからもういいや。

立花《たちばな》さんが作った弁当か……いったい何が入ってるんだろう。

◇

とうとう昼休みが来た。

生きてきて初めてかもしれない、こんなに弁当を待ち遠しく感じたのは。

ドキドキしながらロッカーを開けてみる。

入ってる……犬柄の可愛い風呂敷に包まれた弁当箱が。

冗談じゃなかったのか。

それにしてもどこで食べよう。

いつも学食で一緒に食ってる陽介《ようすけ》には断りを入れたが、教室でこれを広げるのはなぁ……その弁当どうしたって言われたら面倒なことになりそうだし。

俺は誰もいない場所、別棟の最上階から屋上に続く階段で、ひっそりと弁当を食べることにした。

弁当に集中できるし、たまにはボッチ飯も悪くない。

というかワクワクが止まらない。この2段式弁当箱にはロマンが詰まってるに違いない。

俺は今、世界一幸せなボッチ飯を堪能《たんのう》しようとしてるのではないだろうか。

それでは……ご開帳！


――毒が入っていた。


俺はその毒によって心臓が抉《えぐ》られる。

うぅ……胸が……胸が苦しい。


桜でんぶのハートマーク。猛毒だった。


胸を押さえつつ、ここで俺は冷静に考える。

あれだ、立花さんきっと間違えたんだな。新《あら》たに渡すはずの弁当を俺に渡すなんて……またしてもおっちょこちょいな立花さん。

可愛い。

俺は猛毒耐性を獲得した。

続いて1段目の蓋《ふた》を開けようとしたとき、風呂敷と弁当の間に紙が挟まってることに気がついた。

丸っこい、女の子の字でこう書かれている。

『葉《よう》くんへ　お弁当、どうですか？　一生懸命作ったので、よければメールで感想を送ってください』

立花《たちばな》さん、目的語が抜けてるよ。

〝新《あらた》のために〟一生懸命作ったって書かないと。

新と付き合ってることを知っている俺じゃなかったら勘違いしちゃってるところだからね。

俺の意見も取り入れつつ弁当に改良を重ね、新にうまいものを食わせたいのだろう。

なんて健気《けなげ》なんだ。

もう俺は何があっても驚かないよ。おっちょこちょいの立花さん。

1段目の弁当箱には、俺の箸《はし》につまみ上げられるのを待つおかずたち。定番もので固めたレパートリーはどれも輝きを放っている。

それでは、いただきます。

まずはみんな大好き、からあげ様。

冷めてるとは思えないほど、カリッと軽快な音が口の中で響く。こ、この溢《あふ》れ出る肉汁は……冷凍食品では味わえない圧倒的クオリティ。

一番手間がかかるであろう揚げ物が手作りとなると……ま、まさかこれ、全部立花さんのお手製か？


俺の予想は次にポテサラを口に放り込んだとき、確信へと変わる。

スーパーの惣菜《そうざい》とは明らかに一線を画す濃厚さ。試しにご飯と合わせてみると、あまりの相性のよさにご飯が進み過ぎてしまった。

勢いに乗った俺の手は留まることを忘れ、ハンバーグへと出陣命令を出した。

ステーキみたいな濃厚な旨味《うまみ》が口いっぱいに広がる。深く肉々しいジューシーさにより、口内を水攻めされて返り討ちに遭う。

美味《うま》い……美味すぎる。

わかってる、わかってるよ。

この弁当は『愛情のおこぼれ』だってさ。

わかってるけど、でも……めっちゃ嬉《うれ》しい。幸せ。

惚《ほ》れた弱みだな。あぁ……好きだ。相手は彼氏持ちだけど。

失恋したと思ったけど、俺の恋はまだ終わりそうにない。


――教室に戻ると、新は腹を抱えながら机に突っ伏していた……。

今日は体調が悪いのかな……ちょっと心配だ。

◇

学校から帰宅した俺はある問題に直面していた。ここは頼れる妹の見解を伺《うかが》いたい。

「なぁ妹よ」

「な、なんだね兄よ」

リビングのソファで何やらこそこそしてる美紀《みき》に後ろから声を掛けた。

美紀の肩がビクッと跳ね上がったような気がしたんだが、気のせいかな。

「実は好きな子の連絡先をゲットしたんだがね。俺はどうしたらいいと思う?」

ある問題、それは立花《たちばな》さんからもらった手紙にメールアドレスが書かれていたこと。

普通だったら何も問題ないんだろうけど、立花さんには新《あらた》という彼氏がいるからそうもいかない。

弁当の感想を送るだけとはいえ、友達の彼女とやり取りするのはよくないと考えていた。

「昨日言ってた友達の彼女のやつ?」

「そうそう」

「その友達と仲が悪くなってもいいなら私は連絡してもいいと思うよ。別に『彼氏持ちの女の子を好きになっちゃいけない。アプローチしちゃいけない』ってわけじゃないんだし。それにお兄ちゃんは考え方が固いんだよ。恋愛ってのは誰かの想い人を奪ったり奪われたりするもので、指を咥《くわ》えて別れるのを待ってるだけが恋愛じゃないのさ。まぁ、女の子がそれやるとイジメとか起きたりするかもしれないけどね」

「この泥棒猫！　ってやつ？」

「それそれ、意味わかんないよねー。男の子でそういう話聞かないのに」

「男がそれやったらくそダサいなぁ。それこそただの負け犬だ」

　正直、新のことは今回の一件でよくわからなくなっていた。今まで俺に接してきた態度とは豹変《ひょうへん》していて、偽りの友達だったのかとさえ思うようになっていたから。

　それに新には悪いが、新か立花さんか、どっちを取るかと言われたら間違いなく俺は後者を選ぶだろう。

　ひとまず美紀のおかげで結論が出た。

「とりあえず連絡してみるよ。ありがとね」

「よいよい。褒美《ほうび》はこのプリンでよろしゅう」

「あっ⁉　それ俺のプリンだったんかい！」

　スプーンを口に咥えて、くひひと笑う美紀。

　ほんと、可愛くて頼りになる妹がいて俺は助かるよ。

　いいよ、今日は美味《うま》いもん食べれたしそのプリンはお前にやる。

でも次からは頭グリグリの刑だからね？

「あ、お兄ちゃん。奪っていいのは奪われる覚悟がある人だけだからね？」

「ほうほう、つまり俺のプリンを奪った美紀《みき》からは何か奪ってもいいということですな」

「……や、やっぱ今のなし」

◇

就寝前、自室で風呂敷に入っていた紙を取り出した。

それにしてもなんでわざわざメールアドレスに感想を送れなんて書いたんだろう。もしかして立花《たちばな》さん、メッセージアプリやらない派なのかな。

メールアドレスで連絡するなんて久しぶりだ。えーっとなになに？


yo-yo-airida-yo@homoko.co.jp

ラッパーですか？　ギャップ萌え。可愛い。

『佐原葉《さはらよう》です。お弁当のお礼でメールしました。こんな時間に迷惑だったら無視してください』

まぁこんな感じが無難だろう。無視してって書いたけど、本当に無視されたら僕泣いちゃう。

ちょっとドキドキしながら送信をタップした。

ふぅ――ピコン。

え、はやっ！　もう返信が来た。

『迷惑なんかじゃないです。メールありがとうございます。嬉《うれ》しいです』

あぁ、ええ子やなぁ。わざわざ丁寧に返信してくれるなんて。それに嬉しいの一言を添えることによって、突然連絡してきた相手に対しても気遣う気持ちが伝わってくる。

さっそく今日の弁当のお礼と感想文の作成に入った。ここである問題が発覚する。

やばい……弁当箱返してなかった。そのことについての謝罪文も追加して送信した。

するとまたしてもすぐに返信が届く。

『喜んでくれてとっても嬉しいです。でも、お弁当箱を持って帰ったのはダメですね。罰として明日からも私のお弁当を食べてくださいね。今日のお弁当箱は私が回収しますので、葉くんのロッカーに入れといてください。あと気軽に食べてほしいので、お弁当の感想は気が向いたときで大丈夫です』

罰？　ご褒美《ほうび》の間違いでは？

俺が知らない世界線では罰って書いてご褒美って読むんですかね？

いいだろう。喜んで罰《ご褒美》を受け入れるとしよう。

こうして俺は明日も世界一幸せなボッチ飯が確定した。

次で最後だからしっかりと堪能《たんのう》しよう。

——あれ、からってなんだ、からって。

◇

昨日食べたハイクオリティ弁当が楽しみすぎて脳裏から離れず、授業中もずっと弁当のことを考えていた。

いかん、少し落ち着こう。焦らなくても弁当箱は逃げない。

そうは言ってもロッカーを開けるまで、昨日の至福のランチタイムは全て幻だったのだと、内心疑ってしまう自分がどこかにいた。

だがそれは杞憂《きゆう》だったようで、ロッカーを開けると風呂敷に包まれた物体がちゃんと入っていた。はい、今日も立花《たちばな》さんからの罰タイム《ご褒美》が確定。

ルンルン気分になりながら、立花さんから貰《もら》った弁当を抱えて前回食べたところと同じ場所に到着した。

ん？　先客がいる。誰だろう。

ちょうど俺が昨日座っていた場所で、ぽっちゃりしたショートヘアの女の子が弁当を広げてモグモグしていた。

この学校では学年によってネクタイとリボンの色分けがされている。あの青リボンは俺と同じ1年生だろう。

せっかく見つけたお気に入りポジだったんだが……一応声を掛けてみよう。

「あの～」

女の子は箸《はし》の動きを止めると、咀嚼《そしやく》していた食べ物をゴクリと飲み込んだ。

なんか小動物みたいで可愛いな。

「あ、昨日の人」

「え？　昨日の人？」

「昨日、ここでお弁当食べてましたよね？」

「うん、そうだけど……」

「ここ、私のお気に入りの場所だったんですけど、昨日はあなたがいたからほかで食べたんですよ。お弁当に夢中で私のことに気がついてなかったみたいですけど……」

「あ、そうだったんだ。ごめんね。一緒しちゃダメ？　俺もここいいなって思ってたんだけど」

俺がお伺《うかが》いを立てると、女の子はじとっとした目を向けてくる。

なんか観察されている気分だ。

でもほかの女子から最近感じるような嫌悪の眼差《まなざ》しではない。

大丈夫、俺はちゃんと手を洗える人間だ。不潔じゃないよ。

「……いいですよ」

「ありがとう。それじゃあお邪魔して」

よかった。願いは聞き届けられたようだ。

俺は女の子の横に座り、風呂敷の結びを解きながら疑問だったことを口にした。

「どうしてこんなところで食べてるの？」

「それ、あなたが言います？」

「はは、確かに」

覆っている風呂敷をはらりとのけると、そこには昨日とは違った弁当箱が入っていた。

さて、喋《しゃべ》ってないでお楽しみのお弁当を拝むとするか。

今日は何が入ってるのかなー。


——毒が入っていた。一旦蓋《いったんふた》を閉じる。


「どうしたんですか？」

「な、なんでもないよなんでも。ははは……」

どうして俺の弁当にまたハートマークの猛毒が入ってるんだよ。

立花《たちばな》さん、またおっちょこちょいしちゃったのかな。

それはそれとして、これって誰かに見られたらまずいよな。誤解されたら立花《たちばな》さんがかわいそうだ。

俺は蓋《ふた》を開けると同時に箸《はし》を猛毒へ突っ込んだ。

『ごめん！　立花さん！』そう心の中で叫びながら、円形状にグルグルとかき混ぜる。

「何してるんですか？　ご飯ぐちゃぐちゃにして……お行儀悪いですよ」

隣に座る女の子は怪訝《けげん》な顔を向けてくる。そんな変人を見るような顔をしないでもらえるかな。ちゃんとした理由があるから。そう、理由が……。

「こうすると桜でんぶが均一にご飯と混ざって美味《おい》しいんだよ」

「そうですか……変わった食べ方ですね」

「あれだよあれ、カレーは混ぜて食べる派かとかあるでしょ。そんな感じ」

俺は混ぜない派だけどな。

何はともあれ、猛毒浄化魔法を習得した。

そういえばまだ名前を聞いてなかった。

自己紹介は大切だよね。

「名前聞いてもいい？　俺はA組の佐原葉《さはらよう》です。よろしく」

「……E組の武田千鶴《たけだちづる》です」

「武田さんか……あだ名はたけたけ？　たっけー？　いや……ここは無難にちずちずか？」

「変なあだ名つけようとしないでください」

「ごめん、やっぱり武田さんでいいや」

「……佐原くんって変人ですか？」

この日から、俺は武田さんと二人で弁当を食べるという奇妙な関係が続くことになるのである。

◇

「ねぇ葉、今日も弁当なの？」

学校に到着すると陽介《ようすけ》が話しかけてきた。

そうだよ。今日も俺は罰を受けなくてはならないのだ。

「うん、悪いね陽介」

「いいよ。ところで、新《あら》となんかあった？　あいつも葉と同じタイミングで弁当食い始めて食堂に来なくなったからさ。喧嘩《けんか》でもした？」

同じや同じ、俺たちは立花さんの弁当を食ってるからな。

陽介が不審に思うのも無理はない。

「いや、喧嘩《けんか》はしてないよ。詳しいことは言えないけど絡みづらくはなったかな」

「詳しくは訊《き》かないけど、何か困ったことがあったらすぐ言いなよ？」

困ったことか……最近女子からの視線が痛いけど、今のところ被害はないから話さなくてもいいか。

「ありがとう。陽介《ようすけ》の優しさにガチぼれしそう」

「気持ち悪いからそれはやめて」

陽介はホンマええやっちゃ。

新《あらた》が豹変《ひょうへん》してからそれを身にしみて感じる。

もし陽介も実は偽友《にせとも》だったとか言われたら人間不信になっちゃうよ。

「そんなことより新のやつ、最近様子がおかしくない？」

「ああ、俺も思ってた。というかあのハ……頭を見たやつはみんなそう思ってるだろうね」

「それもそうだけど……なんかずっと苦しそうにしてんだよ。特に昼休み終わったあとなんか」

原因はきっと弁当だろう。俺も猛毒耐性を獲得しなければ、今頃新と同じようになっていてもおかしくない。

百戦錬磨の恋愛マスターでも、立花《たちばな》さんには胸がドキドキして苦しくなってしまうのか。羨《うらや》ましい悲鳴なことだな。

「新は大丈夫だよ。幸せ過ぎて逆に辛《つら》いってやつだよきっと」

「俺には不幸を背負ってるようにしか見えないけど……」

あんなに可愛い彼女ができたんだ。

俺が新の立場だったら毎日ウキウキで夜も眠れない。

立花さんのお願い事だったらなんでも叶えちゃうゾッコンモードになってしまってもおかしくない。

はぁ、なんか新の幸せを考えたら虚《むな》しくなってきた。

◇

「武田《たけだ》さんやっほ」

「……どうも」

今日も俺は別棟の屋上へ続く階段へ、弁当を食べるために訪れた。毎回の挨拶《あいさつ》のやり取りもだいぶ定着してきた気がする。

武田さんの隣に座り、弁当の蓋《ふた》を開けるといつもの魔法陣をご飯の上に描く。

発動——猛毒浄化魔法。

詠唱速度も上がった気がする。

これなら第五位階魔法を行使できる日が来るのも夢ではない。

「佐原《さはら》くんのご飯っていつも桜でんぶ入ってますよね」

「うん、好きなんだよねー桜でんぶ」

「お母さんがお弁当作ってるんですか？」

「たうぁーうん、そうだよ」

「なんですか今の濁した言い方」

危ない、口が滑りそうだった。

追及される前に話題を振ってごまかそう。

弁当の話題には弁当で返すのがいいだろう。

「武田《たけだ》さんは？　お母さんが作ってるの？」

「私は自分で作ってます」

「へぇーすごい。どれどれ……」

俺は武田さんの弁当を観察した。見た目の彩りと食欲をそそるパリッとした鶏肉の焼き加減から、一目でレベルの高さを把握。

立花《たちばな》さんの罰《ご褒美》を前にしてもついのどが鳴る。

「めっちゃ美味《うま》そう。さすができる女の子は違うね」

俺が物欲しそうな目を向けたからだろうか。武田さんは俺と弁当を交互に見た後、少しまごついた様相で訊《き》いてくる。

「……食べてみます？」

「え、いいの？　じゃあその卵焼きをいただいても？」

「どうぞ」

「ではでは」

なんでも料理の腕は卵焼きで測れるらしい。

本当かどうかは定かじゃないけど。

俺は武田さんの弁当から卵焼きを一切れ箸《はし》でつまみ、そのままダイレクトに口へインした。

う……うんまぁ～！

中に入ってるのはしそかな。卵の絶妙な甘味とのバランスが最高のハーモニーを醸し出している。ふんわりとなめらかな舌触り、芸術的な断面からは下ごしらえと火の通し方にも一工夫しているのが窺《うかが》える。

すなわち控えめに言って神である。

「今まで食べてきた卵焼きで一番好き。めちゃウマ最高です。ご馳走《ちそう》さまでした」

「……お粗末さまでした」

武田さんも褒められて嬉《うれ》しかったのか、少し顔をほころばせた。普段はスンとしてるからなんか可愛い。

「普段はスンとしてるからなんか可愛い」

武田《たけだ》さんはゴホゴホと急に咳《せ》き込みだした。気道に食べ物が詰まったときの反応だ。胸をトントンと叩いたあと、普段より少し高い声音《こわね》を発した。

「な、なんですか急に!?」

「あ、ごめん。心の声が漏れた。気にしないで」

ついポロッと出ちゃったよ。俺が変なこと言ったから怒らせちゃったかな。顔が赤いし。

武田さんはふぅ～っと息を吐くと、少し落ち着きを取り戻したみたいだ。

「改めて思いますけど……佐原《さはら》くんってなんでこんな場所でお弁当食べてるんですか？　佐原くんなら教室でお友達と食べてても不思議じゃない気がするんですけど」

「それ、あなたが言います？」

「ふふ……それ、私が最初に言ったセリフですよね。私はこんな性格だからわかるじゃないですか」

俺こそわからないんだけどな。武田さんは普通に話してて楽しいし。あと反応がいちいち可愛いから見てて飽きない。

「俺は好きだよ？　武田さんの性格」

「……佐原くんって女の子に対して平気でそういうこと言うんですね」

「別に嘘《うそ》は言ってないんだけどなぁ」

「もういいです……」

武田さんは何かをごまかすように、黙々とご飯を頬張《ほおば》った。

リスみたい。

弁当を食べ終えてしばし経ったあとに予鈴が鳴り、武田さんはお手洗いに寄るということで俺は一人で本校舎の教室に戻ることにした。

さてさて、今日も立花《たちばな》さんのお弁当を美味《おい》しくいただきました。ごっつぁんです。

感想を送らないとな。

スマホを取り出し、渡り廊下を歩きながら画面に文字を入力する。

『今日もお弁当ありがとうございました。特に卵焼きはしそと卵の絶妙な甘味とのバランスが最高のハーモニーを醸し出していて、今まで生きてきた中で最高の卵焼きでした。ご馳走《ちそう》さまでした』

送信っと……ん、ん、んんん？

――ピコン。

『あの、しその卵焼きなんて入れてないんですけど……どういうことですか？』

俺は天を仰いだ――オー、ジーザス。

## 【新】に課せられる願い事

恋愛において容姿は最大の武器である。

俺は物心ついたときには世界の法則を理解していた。
それは生まれ持った素質と才能が俺には備わっていたからだ。顔がいいだけで女は俺に群がってくる。だから中学からは女を抱きまくった。
いい女を侍《はべ》らせてるときは優越感に満たされる。それは俺の才能がほかの男を上回った証、女を支配してるという喜びから来るもの。

女はいつも大体五人くらいキープしてる。新しくいい女がいれば俺のコレクションに加えて、一番いらないものは捨てていく。
俺の体は一つしかないからな。あんまり多過ぎても管理するのがめんどくさい。

いい女を侍らせるたびに、今までの女がブスに見えてくる。俺の女への理想は留まることがなかった。

――ていうかさぁ。

ブス、嫌いなんだよね。人権なんてないよブスに。ブスはマジで外を出歩かないで欲しいわ。

特にデブでブスとかマジで最悪だよね。そんなやつは生きてる価値もねぇわ。


おっと、選別中につい本音がこぼれ出ちまうところだった。まぁ、これでもおとなしくなったほうだよ。デブを飼ってた中学のときに比べたら。ストレス解消にはいいと思っていたが、壊れる前にどっか行っちまったんだよな。名前ももう覚えていない。

そういえば、当時は教師にバレるリスクなんてあんま考えてなかった。

俺ももう高校生だから、そこら辺はもう少しうまくやってかなきゃいけない。


「進藤新《しんどうあらた》です。式宮《しきみや》中学から来ました。趣味はカフェ巡り。男女問わず気軽に声掛けてくれ。よろしく」

体育館での入学式が終わった後、教室で行われた簡単な自己紹介。俺も前のやつらに倣《なら》って自分の番を終えた。

俺の後ろでは同じような挨拶《あいさつ》が続いているが、女の視線は俺に釘《くぎ》付けだ。

さて、このクラスではどの女をコレクションに加えようか。

集まった視線の先に目線を送った。

お、あいつはなかなかいいな。上物だ。
あれは……及第点かな。ちょっとつまむだけならいい。
あー、あれはダメだな……ちっ、ブスはこっち見んなよ。

まぁでも全体的に悪くはない。あとで他クラスも見に行くか。
このクラスでの選別は一通り終わった──かに見えたそのとき、透き通った綺麗《きれい》な声が教室に響き渡る。

「立花《たちばな》あいりです。聖レヴァナント女学院中等部から来ました。趣味はお料理です。高校ではたくさんのお友達を作りたいです。よろしくお願いします」

──最上級だ。こんな女……見たことねぇ。

ぱっちり二重瞼《ふたえまぶた》に覆われる澄んだ瞳。高い鼻すじは細くスッとしていて、ぷっくりとした唇は何度でも吸い付きたくなる。それらのパーツは黄金比を体現した配置で、滑らかな顔のラインがより一層見たものを惹《ひ》きつける。

そしてどの角度から見てもわかるであろう綺麗なロングヘアー。それにあの肌は、毎日時間をかけて手入れをしているのが見て取れるほど美しい。

細くしなやかな指、爪《つめ》は混じり気のない光沢感があり、清楚《せいそ》なイメージを引き立たせている。

胸はEかFくらいか？　かなりデカいな。制服越しからでも伝わるウエストからヒップラインまでの艶《あで》やかな曲線は、見ているだけで男の本能を掻《か》き立てる。


抱きてぇ……今すぐにでも。


俺が夢中になっていると目が合った。ようやく俺の存在に気がついたようだな。

そう思ったのも束の間、視線はすぐに前のほうへ外れた。

なんだ？　ほかのやつが自己紹介をしてる間にも俺の前方をずっと見てる。俺ほどのイケメンはこのクラスにはいないってのに。

ああ、そういうことか。目が合ってるのはあそこにいる上物の女と知り合いだからか。いい女はいい女と連むからな。

ターゲットは定まった。なんとしても俺のコレクションに加えてやる。

いや……もうこの女がいればほかの女は全部捨ててもいい。そう思えるほどの逸材。

まぁ、慌てずに外堀から攻めていくことにしよう。

◇

入学から1か月が経った。

最近気がついたことが一つある。立花《たちばな》は頻繁に俺のことを見てくる。俺と同等にモテるだろうから、俺がどれくらいイイ男か目利きしてるんだろう。

それにしてもさすがは最上級だけあって難攻不落だな。遊びに誘っても友達の女を連れてくるから、なかなか二人きりになる機会がない。

だが俺の女を落とすテクはこんなものじゃない。本領発揮はこれからだ。

そう思っていたときに妙な噂《うわさ》が流れてくる。


『立花あいりは佐原葉《さはらよう》が好きらしい』


誰だ？　佐原って。どんなイケメンだ？　この俺を差し置いて……ダチじゃないオスの名前なんていちいち覚えてないし。

探し出そうとしたとき、そいつはすぐ目の前にいた。俺の二つ前の席に。

観察するまでもなかった。

素質のカケラもない、普通《フツメン》の男じゃねぇか。

立花と喋《しゃべ》ってるところを見たことがないし、あの噂はデタラメだろう。

早々に結論付けようとしたとき、入学当初の違和感を思い出す。

あの視線は……俺の前の席にいた佐原を見てたってことなのか？

そんなバカなわけがない。この俺を差し置いて、喋ったこともない、なんの素質もない男を好きになるなんてありえない。

それならまだ佐原の前方、笹嶋陽介《ささじまようすけ》のほうが理にかなっている。

だが噂が本当かどうかはわからないが、念のため早めに芽を摘んだほうがいいだろう。

連休明け、俺は佐原と偽ダチになるために接触することにした。なぜか今頃になって佐原は立花とコンタクトを取ろうとしている。

話を聞くと佐原は立花に一目惚《ひとめぼ》れしたんだとか。あの噂はもしかしたら逆だったんじゃないかという懸念もあったが、俺は抜かりなく立てた計画を行動に移すことにした。

まずは立花と佐原がとにかく接点を持たないように働きかけた。俺が常に佐原のそばにいられるとは限らない。だから使えそうなやつらを利用して、二人が近づきそうになったら邪魔をするように仕向けた。

あとは俺の女ネットワークを使って、佐原《さはら》の悪い噂《うわさ》が立花《たちばな》の耳に入るよう誘導する。

中学のときにリコーダーを舐《な》め回してたとか、女の着替えを覗《のぞ》いたとか、プールのときに下着を盗んだとか、特に女が生理的に嫌悪感を抱くものを中心として。

それを聞いた立花は憤りを隠せない様相だったという。

佐原の株は大暴落したことだろう。

それとは反対に俺のいい噂、俺がいかにいい男かということを喧伝《けんでん》してもらった。

女は共感力が強いっていうしな。立花にも俺の良さが伝わったことだろう。


こうして俺は着実に立花へのアプローチを進めていった。

◇

佐原との関係は1か月ほどが経ち、立花攻略への地盤が固まってきた頃。

佐原は突然俺に告白の宣言をしてきた。

ホント馬鹿だなこいつ。今まで話しかけすらしてなかったやつが突拍子もなさ過ぎだろ。

だが……立花が佐原のことが好きだという噂の信憑性《しんぴょうせい》がゼロというわけではない。信用できそうな情報源だったため、万が一の可能性を捨て切れず焦りが顔に滲《にじ》み出る。

俺は告白をやめるように引き止めたが、佐原の意志は固かった。

成功する確率でいったら絶対に俺のほうが上なのは間違いない。いつもは確実なタイミングで落としにいくが、今回は早めに仕掛けにいくことにした。

そうだ、どうせならコイツに見せつけてやろう。目の前で好きな女が奪われるその瞬間を。


佐原には絶対に、時間ちょうどに指定の場所に来るよう伝えた。

そして約束の時刻、目の前には呼び出した立花がいる。立花から見えない位置に、ぴったり時間通りに来た佐原の姿が見えた。

よし、準備は整った。伝える言葉はシンプルに。ストレートにこの想いを伝える。


「もうこの状況からなんとなくわかってると思うんだけどさ。入学式のときに初めて立花のことを見て、運命の相手だと思ったんだ。だから今から俺の想いを伝える……好きだ、立花。俺と付き合ってくれ」

「……本気なの？　進藤《しんどう》くん」

疑いの眼差《まなざ》し。俺が誰かれ構わず手を出すと思っての質問だろう。ある意味間違っちゃいないが、俺が欲しいのはいい女だけ。今はお前だけだ。

「本気だよ。俺は立花《たちばな》が好きだ」

「いいよ。付き合ってもー――」

――っしゃあぁ！

ねぇ葉っぱきゅん。今どんな気持ち？　ねぇどんな気持ち？　ぐやじ〜って感じですか？

はははは、あー気持ちぃー。

俺は目の前に立つ女を観察する。最上級の女。俺の女。興奮してきた。

早く俺色に染めてぇ。

少しハグするくらいならいいかと、一歩踏み出したところで佐原《さはら》は逃亡した。

それと同時に立花の口が開く。

「――ただし」

ただし？　なんだ？

立花の口から返事の続きが発せられる。

「私のお願い事を三つ叶えてくれたら……付き合ってもいいよ」

「お願い事？　何？」

「それはまだ秘密。今日私の家に来てくれないかな？」

「え、いいのか？」

「あ、気にしないで。今日親いないから気を遣わなくていいよ」

親のいない家に好きな男を連れ込んで、気兼ねなくやることなんてあれしかない。

大胆な女も嫌いじゃないぜ。

あとで佐原には慰め兼煽《あお》りの電話をしとかないとな。

立花が俺の女になることはもう確定してるようなもの。だから佐原には立花と付き合っていると言ってしまって問題はないだろう。

◇

立花と一緒に家へ向かう途中、願い事とは別に条件を付け加えられた。
・まだ付き合う前だから絶対に私に触らないで。
・下の名前で呼ばないで。
・怪しまれるから学校では必要以上に話しかけないで。
・このことは絶対に誰にも言わないで。

付き合う前のことだから別にいいかと二つ返事で了承した。だってこれからベッドでのお願い事を全部達成すればいいだけなのだから。

公園のトイレで佐原《さはら》に電話したあと、立花《たちばな》の家に到着した。どこにでもある普通の一軒家。玄関を通るとリビングを介さずにいきなり脱衣所へと連れていかれた。

最初にシャワーを浴びる派か。俺はそのままでも構わないんだけどな。というかそっちのほうがそそる。

そう思いながら服を脱ごうとするとすぐに制止させられた。

「服はそのままでいいから、お風呂の椅子《いす》に座って?」

「え?　あぁ……」

なんだ、着衣プレイか?　どんなプレイがご所望なんだよ。淫乱め。

「じゃあ、一つ目のお願い事だけど……」

「うん、なになに?」

俺は意気揚々《ようよう》と返事をして立花の言葉を待った。

そして立花から最初の願い事が言い渡される。

「私ね、スキンヘッドが好きなの。だから進藤《しんどう》くん、スキンヘッドにして?」

「……は？　なに言ってんの？」

聞き間違いか？　いくらなんでもおかし過ぎる。

スキンヘッドってあのスキンヘッドか？　もしかして別の意味があるのかと思い聞き返す。

立花はふざけた様子もなく、至ってまじめに答える。

「だから私、スキンヘッドが好きなの。ハリウッド俳優でカッコいい人いるでしょ？　ああいう男の人に憧れるの」

どうやら聞き間違いではなかったらしい。確かにハリウッド俳優でカッコいいスキンヘッドはいるが……。あれは欧米人に多い彫りが深い人がやるからカッコいいのであって、日本人でスキンヘッドが似合う男はなかなかいない。

それに俺がスキンヘッドに合う顔立ちなのか、考えたこともないから全く判断がつかない。

「いや、無理無理、無理だって。俺には似合わないよ」

「大丈夫だよ。進藤くんカッコいいからどんな髪型でもイケるって」

「いやイケるイケないじゃなくて、マジ髪だけは無理だから」

俺がどんだけ髪に気を遣ってると思ってんだ。そんだけ綺麗《きれい》な髪の立花ならわかるだろ。

拒絶する俺に対して立花は冷たい視線を向けてくる。

「できないの？　じゃあ付き合う話はなしね。もう帰っていいよ」

「いやいや、待ってよ」

「帰って」

俺の言葉などもはや聞き入れるつもりがない様子。立花《たちばな》の理想は付き合ううえで絶対条件のようだ。それを裏付けるかのように、普段は聞いたことのないトゲのある口調で俺の心を突き刺してきた。

鏡に映った立花を見る。風呂場の鏡だとイケメンに見えるっていうだろ？　風呂場の鏡で美少女を見るととんでもない美少女に見えるんだな。今知ったわ。

願い事を叶えれば……この女は俺のものになる。

髪はまた生やせばいい。これが終わったらあと二つ、同じような願い事を叶えれば付き合えるんだ。俺は腹を決めた。

「わ、わかったよ」

「それじゃあ始めるね」

さっきまでの冷たかった視線は嘘《うそ》のように柔らかくなる。

立花はゴム手袋を装着すると、俺の首にタオルを巻いてカットクロスを着せてきた。有無を言わせない勢いでバリカンを頭に押し当てる。もうこうなっては引き返すことはできない。

風呂場に反響するバリカンの音。ジョリジョリと頭の中で響く髪の毛の断末魔。どんどんと頭の形が丸くなっていく。

あぁ、俺の……俺の髪の毛が……。


「ねぇ進藤《しんどう》くん、気持ちいいでしょ？　バリカンの当たる感覚」

「……あぁ、確かに。毛根の根元がはっきりわかるのはなんともいえない感じだわ」

「じゃあ、たくさん気持ちよくしてあげるね」

立花はニコニコ笑顔で、ひたすら右手を頭皮に沿わせてゆく。

俺は違うことで気持ちよくなりに来たんだが……どうしてこうなったんだ。

ついに刈る音は聞こえなくなった。

それは野球部でよく見る頭に変わった合図。ボウズなんて人生で初めてだった。

だがこれで終わりではない。

立花は謎の泡を俺の頭皮に乗せた。

なんだその容器。

いったい何を塗られようとしてるんだ。

「それ、何？」

「これ？　アメリカの大学から取り寄せた強力な脱毛剤だよ。日本で認可されてないのと、頭皮用じゃないから肌が荒れたらごめんね？」

「だ、大丈夫なのか？　日本人には体質的に合わないとかあるん――」

「大丈夫だよ？　私も脚に使ってるし。すごいツルツルスベスベになるの。ほら、すごいでしょ？」

「あぁ……めちゃくちゃ綺麗《きれい》な脚だな」

俺の心配に蓋《ふた》をするかのように、立花《たちばな》は手を止めることもなく泡を塗り広げる。

その泡は俺の1ミリほどの髪の毛を全て溶かしきり、ツルツルの頭皮が露《あら》わになった。

ちょっとヒリヒリする。

これがスキンヘッドか……。

「うん、似合ってるよ。すごくカッコいい！」

「そ、そうか？」

自分では似合ってるとは微塵《みじん》も思わない。でも、最上級の女に満面の笑みで言われるとまんざらでもない。


「それじゃあ二つ目のお願い事だけど――」

あと二つ、俺は絶対に達成してみせる。

# 第三章　胃袋戦争、開幕

立花《たちばな》さんにメールを誤送信した日の翌日。

俺は教室を後にしていつものお昼スポットに到着した。

今日は立花さんからの視線が痛い。そんな風に感じるのはきっと気のせいだ。別に俺は立花さんの彼氏でもなんでもないんだ。やましいことなんてなんにもない。

ただメールの内容を間違えただけ。ただ、それだけのこと……。

「どうしたんですか？　少しばつが悪いような顔をしてますけど……」

「あぁ～、大丈夫。スンとしてる武田《たけだ》さんの顔を再現してみただけだから」

「私はそんな顔してません」

「んー、じゃあこんな――」


「葉《よう》くん、その女の子は誰かな？」

背後から、いつもと違う声音《こわね》が俺に語りかける。俺のことを葉くんと呼ぶ女子は一人しか記憶にない。

背筋に冷たいものが走った。これが浮気発覚の疑似体験か……。

俺は正直、心のどこかでメールの相手は実は立花さんではないんじゃないかと思うようになっていた。メールのやり取りはあるものの、直接会話したのは『新《あらた》ハゲヅラ事件』の日以来なかったからだ。

その考えは、立花さんが俺たちのお昼スポットに忽然《こつぜん》と現れたことで撤回された。なんで立花さんがこんなところにいるのかって？　俺が知りたいよ。いつの間に後を付けられてたんだ。ソリッド・ス〇ークもビックリのステルス能力。

俺は振り返りながら、たどたどしい口調で回答する。

「え、えーっと……あの……昼友の武田さんです」

「どうも……」

武田さんは座りながらペコリとお辞儀をした。その表情からは状況を飲み込めていない様子。対して立花さんの表情はやけに険《けわ》しい。

おこでしょうか。おこなのでしょうか。激おこぷんぷん丸なのでしょうか。

「私聞いてないよ。葉くんのお友達にこんなに可愛い女の子がいるなんて」

「あの、私可愛くないと思うんですけど……」

「太ってるからってごまかされませんよ？　私にはわかるんだから」

武田さんは立花さんの言葉に沈黙で返した。

なんだ、どういうことだ？　武田《たけだ》さんも否定しなくなったけど。

言われてみれば、確かに武田さんが不意に見せる笑顔は結構可愛い。レア度が高いからまだ少ししか見たことないけど。

「ところで立花《たちばな》さんは何しに来たの？」

「お弁当をちゃんと食べてるか見に来たの。誰かと交換してるのかと思っちゃったんだもん」

「すみません……昨日は大変失礼しました。でも誤解しないで、ちゃんと全部俺が食ってるから。ひとかけらも誰にもあげてないから」

「それならいいけど……。葉《よう》くん、私は戻らないといけないからもう行くけど……ダメだからね？　エ、エッチなこととかしたら」

何を言い出してるんだ立花さんは。しませんよ。

立花さんは戻ると言いつつも、何回も振り返っては俺の様子を窺《うかが》っていた。

……あれ？　またこっちに来た。

「ダメだからね？　エッチなこと、ダメだからね？」

「はい……」

なんでこんなにしつこく聞いてくるんだ……もしかして立花さんって中学のとき風紀委員だったか？

また何度か振り返りつつも、ようやく立花さんはお昼スポットから去っていった。

なんとか制裁は免《まぬが》れたようだ。危なかったぁ〜。

——ピコン。


『明日のお弁当、楽しみにしててくださいね』


制裁が加えられた。

これが本当の罰か？　とうとう本物の毒が俺の弁当に盛られる日が来てしまうのか……あぁ、神よ。どうか哀れな私にお慈悲を。

なぜかずっと黙っていた武田さんがようやく口を開く。

「あの……どうしてあの立花さんが突然佐原《さはら》くんに会いに来たんですか？」

「それはだね、武田さんの卵焼きが美味《うま》すぎたからだね。つまり悪いのは武田さん。僕悪くないもん」

「つまり悪いのは佐原くんですね」

「すんまへん」

今後のこともあるし、昼友の武田さんには弁当のことを打ち明けた。罰で弁当を食べさせられていると——。

「はぁ……佐原《さはら》くん。本当にそれを罰だと思ってるんですか？」

「ん？　それ以外にあるの？」

「あのですね……毎日朝からお弁当作るのって結構大変なんですよ？　佐原くんのお弁当を毎日見てた私にはわかりますけど、しっかりとPFCバランスが整ってて完璧《かんぺき》と言っても過言じゃない出来です。わざわざそんなお弁当を作ってくるなんて……」

「くるなんて？」

「……なんでもないです。はぁ……」

なぜ武田《たけだ》さんがため息をつく。

でも俺の弁当はあくまでも新《あらた》のついでに過ぎないからな。新が立花《たちばな》さんと付き合ってなかったら、俺に弁当を振る舞う日なんて永遠に来なかっただろうし。

この話は一旦《いったん》置いといて、立花さんと武田さんの会話で気になることがあったな。

「太ってるからってごまかされないってどういう意味？」

「それは………」

しばらくの沈黙のあと、武田さんは力のない表情で遠くを見つめた。

急に話しかけづらいオーラを纏《まと》ったことで、これまでとは違う冷めた空気感が漂う。

少し間を置いたあと、膝《ひざ》を抱えて過去を語り出した。

「つまらない話ですよ。私……こう見えて昔は痩《や》せてたんです。今では想像がつかないと思いますけど、異性にも好意を向けられたりしました。でも、それがいけなかったみたいです。ある男の子から好意を寄せられていたみたいなのですが、それがクラスの女子リーダーの想い人だったらしくて……それからはご想像のとおりです」

つまりあれか、この間美紀《みき》が言っていた『この泥棒猫！』ってやつ。まぁ彼氏を奪ったとかじゃないから少し意味合いは違うけど、似たようなものだろう。

「私のことを庇《かば》ってくれたお友達がいざこざに巻き込まれてしまって……こんな辛《つら》い思いをするならと、私が変わればこの問題が解決するんじゃないかと考えるようになって……それでわざと沢山食べて太りました。顔に脂肪が付きやすいこともあったおかげで異性からの好意はなくなりましたけど、塞《ふさ》ぎ込んでる時期が長かったせいかコミュニケーション能力が恐ろしく低下してました。この高校に入った頃にはお友達のつくり方もよくわからなくなっててて……だから私はこんなところで一人、お弁当を食べてたんですよ」

武田さんにそんな過去があったとは……。あまり過去のことは触れないようにしたほうがいいだろう。思い出すだけでも辛そうだ。それに知り合って間もない俺が、心の奥にあるデリケートな部分に踏み込むべきではないだろう。

それよりも今は……武田さんに伝えたいことがある。

「突然だけど武田さんってさ、自分のこと好き？」

「……考えたことがないからよくわかりません。けど、多分好きとは言えないかもしれません」

「俺は自分が好きだよ。まぁ時々嫌になることもあるけどさ。一番近くにいる味方って、家族でも友達でもなくて、自分自身だと思うんだよね。そんな自分に嫌いって思われるの、なんか嫌じゃない？」

「……不思議な考え方ですね。でも、なんとなくわかるような気がします」

「きっと自分を好きになれば、それだけで人生楽しくなると思うよ」

武田《たけだ》さんは抱え込んでいた膝《ひざ》を解き、こっちに顔を向けた。

「私は……どうすればいいと思いますか？」

「うーん、武田さんって笑顔がすてきな人って好き？」

「そうですね……好き、かもしれません」

「じゃあさ、笑ってみようよ。はい、に〜！」

「え、こ、こうですか？」

俺の真似《まね》をするも、不恰好《ぶかっこう》にニヘラと笑う武田さん。

んー、これはあれだ。ちび○子ちゃんの野口さん。

ダ……ダメだ。ちょっと格好付けて人生観を語るつもりだったのに、肝心なところで吹きだしてしまう。

「ぶっ、ははは！　武田さん、すごい変な顔してるよ」

「わ、笑わないでください！」

「だってほら、こんな顔してたよ?」

「ふっ、ふふふ……な、なんですかその顔……ふふふふふっ」

こうして喋《しゃべ》っている姿は本当に普通の女の子で、でもこの笑顔は誰よりも輝いていて。

俺は武田さんに知ってて欲しい。自分自身がとても魅力的な女の子だってことを。

「あっ、いい感じ。今の笑顔、俺はすごい好きだよ。こうやってちょっとずつさ、自分の好きを増やしていけばいいんだよ。そしたらいつか、誰かがその好きに気づいて友達になってくれるって。現にほら、ここに友達できたでしょ?」

俺は自分を指差して武田さんに笑顔を向ける。

いつの間にか、曇っていた武田さんの表情は晴れていた。

「そうですね。私……太ってて良かったなって思えるようになりました」

「それってどういう意味?」

「佐原《さはら》くんって……本当に鈍感ですね」

なんだ、俺は今何を聞き逃した。わからん。

「とりあえずさ、俺と接するみたいにクラスの子と話してみたら?」

「こんな風に、お話しできるでしょうか」

「それは絶対大丈夫。とは言えないけど、もしもダメだったら俺がいるから一人じゃないよ」

「……そうですね。ありがとうございます」

武田《たけだ》さんはすっと立ち上がった。その後ろ姿には決意のようなオーラがみなぎっている。

「私、ダイエットしようと思います」

「どうしてまた急に？」

「負けてられないなって」

なんの勝負かはわからないけど、ぽっちゃりした武田さんが痩《や》せたらどんな感じになるんだろう。ちょっと、いや、めちゃくちゃ気になる。

それとは別に、俺も武田さんのために何かしてあげたい。

「ねぇ武田さん、今日うち来ない？」

「は、はい？」

振り返って間抜けな声を出す武田さん。武田さんは反応がいちいち可愛いな。

◇

「すごい立派なおうちですね……佐原《さはら》くんって実はお金持ちなんですか？」

俺の家の外観を見て感想を述べる武田さん。確かに俺んちはそこらの家よりデカいから驚くのも無理はない。

「いや、全然。父さんが建築士だから家だけは立派ってだけなんだよね。暮らしは普通だよ」

「そうなんですね」

しかも我が家は四人家族。家族構成を知っている人にとってはより一層、分不相応な大きさに見えることだろう。

でもこの家は言わば父さんの城、趣味みたいなもんだからな。家に金をかけ過ぎなだけで、本当に生活は一般家庭と変わらない。

俺の小遣いが三千円ということがその確固たる証拠である。

パパん、あと千円でいいからお願い……。


玄関を開けた俺は武田さんを脱衣所に連れていく。

そう、これから俺は武田さんとエッチなことを……しませんよ？

「体操服持ってきた？」

「はい、持ってきましたけど……何するんですか？」

「それはあとのお楽しみ。じゃあ、ここで着替えてね。ドアに鍵付いてるから念のため忘れないように」

「わかりました……」

ちょっと驚かせたいから何をするか秘密にしてるけど、突然男子の家に連れて来られて体操服に着替えろなんて言われたら普通は拒絶するもんだが……武田さん、俺は心配だよ。

それから少しして着替えが終わった武田《たけだ》さんが出てきた。制服のときよりもぽてっとした体型が見て取れる。

ふむ、ふむふむ、ふむふむふむふむ。なるほど。

ここで雑学を一つ。時速60キロで走行する車の窓から手をかざしたとき、Dカップのおぱーいをモミモミしたときと同じ感触がするらしい。

いったい何を言い出すのかって？　ちょっと知的に雑学を語ってみたくなっただけさ。

リビングに案内すると、俺はバナナとプロテインを武田さんに差し出した。運動前の栄養補給だ。俺の行動から武田さんはすぐに状況を察したようだ。

「そういうことだったんですね。ようやく意味がわかりました」

「あ、わかっちゃった？　ジャジャーンって驚かせたかったのに」

「このおうちを見たらあれがあっても、おかしくないかと思いまして」

「武田さんって鋭いね」

「佐原《さはら》くんは鈍感ですね」

武田さんのモグモグタイムが終わったあと、時間を置く必要があるから少しだけ武田さんとテレビゲームをして過ごすことに。

どうやら武田さんはあまりゲームをやったことがないらしい。そうするとゲームソフトはどうしよっかな。

う～ん、ここはさくっとできるレースゲームがいいだろう。

俺はホリオカートをセットして武田さんにコントローラーを手渡した。

「キャラを選択してね。このボタンを押すと動くから。決定ボタンはここね」

「わかりました。キャラクターはどれがいいんですか？」

「そうだなぁ……初心者には軽量から中量級のキャラがオススメかな。要は見た目が重そうじゃないやつ」

「では……このホッシーというキャラクターにします」

一番の選択理由は可愛いからだそうだ。なんとも武田さんらしい。

俺は最重量級のオッパを選択。速度は出るがコーナリングの扱いが難しいキャラだ。

え？　初心者に対して容赦《ようしゃ》ないって？　そこは安心してほしい。スタートダッシュやドリフトなどのテクニックは封印するつもりだ。

とりあえずＣＰＵのレベルは『弱い』にした。慣れてきたら上げていけばいいだろう。丁寧に操作方法を教えていき、最初はあわあわしてた武田さんも徐々に上達してきた模様。この調子ならそろそろ俺のすんばらしいドライビングテクニックを見せつけても問題ないだろう。

男子特有のドヤり本能が火を噴き始めたが、即行で鎮火された。武田《たけだ》さんがカーブを曲がるたびに体を捻《ひね》らせていたのが原因である。

その仕草が可愛くて気を取られ、何度池ポチャをくらったことか。言い訳はしない。普通に負けたよ。負けましたよ。

くっ……これが武田軍のやり方か。


30分はあっという間で物足りない。やった感じがしないね。

ゲームを片付け、武田さんを本命の部屋へ案内した。さぁ、目を見開いて拝みたまえ。

「それでは……ジャジャーン！　ここが我が家のトレーニングルームでーす」

「結局ジャジャーンは言うんですね。というか、すごいですねこれ……」

部屋にはベンチプレス、スミスマシン、パワーラック、床引きデッドリフト、ランニングマシン、ダンベル、バランスボールやストレッチ器具、部屋の一面には巨大な鏡が壁に付いている。あとは名前がよくわからない特定の部位だけを鍛《きた》えるマシンがいっぱい。

いわゆるホームジムってやつだ。

筋トレが趣味な父さんが、これでもかと金をかけた部屋。母さんに呆《あき》れられたのは言うまでもない。

「今日からここ、好きに使っていいよ」

「え、いいんですか？　こんなに立派なところを使わせてもらって……」

「いいよ。友達特典ってやつ。まぁ時間帯によっては父さんが使うかもしれないから、一緒になってもいいならだけどね」

「ありがとうございます。それではお言葉に甘えさせていただきます」

「終わったらシャワーも好きに使っていいから」

「何から何まで……私は佐原《さはら》くんにどうお礼を返せばいいんですか？」

「ふむふむ、それでは体で払ってもらおうか」

「わかりました」

「あ、いや、あの、冗談だよ？」

「知ってます」

俺はジョークをジョークで返された。武田さんの真顔ジョークはなかなか読めない。

どうやら俺はからかわれたみたいだ。

とりあえず初回だから各種器具の説明と、怪我《けが》をしないための注意事項を一通り伝えた。

安全第一。怪我したら元も子もないからね。

「武田さんは筋トレやったことある？」

「いえ、全くありません」

「それじゃあ、まずはスミスマシンでベンチプレスをやってみようか」

スミスマシンはバーベルがレールに固定されているから、一人でも安全に全身のトレーニングができる器具だ。

本当はフリーウェイトのベンチプレスが良かったが、まだ初心者の武田《たけだ》さんでは20キロのバーを一人で扱うのは難しいだろう。

武田さんはベンチ台に寝転がり、バーを胸の前で上げ下げする。

「ふにゅ、ふにゅ、ふにゅ……ふにゅにゅにゅにゅ」

何そのうめき声……めっちゃ可愛いんだが。

◇

筋トレとランニングを終え、シャワーを浴びた武田さんがリビングに戻ってきた。制服に着替え直しているが、お風呂上がりのいい匂いが漂ってくる。っていかん、何考えてんだ俺は。

「あとで父さんのこと紹介するよ。ダイエットにも詳しいから、わからないことがあったら聞いてね。なんでも教えてくれると思うから」

「はい、わかりました」

しばし時は流れ――ガチャリと玄関のドアが開かれる音が聞こえた。美紀《みき》がいつものように元気でご帰宅だ。

「たっだいま〜」

「おかえり妹よ」

入室してきた美紀はピタリと静止する。

「……これ、どういう状況?」

美紀が困惑するのも無理はない。武田さんがキッチンに立って料理をしていたからだ。

やっぱりタダでジムを使わせてもらうのは気が引けるから、何かお礼がしたいとのこと。母さんも仕事で帰りが遅くなることが多いから、うちとしては本当に助かる。

「千鶴《ちづる》お姉ちゃん、うちにお嫁に来ない?」

武田さんの料理を食べた妹の第一声は、まさかのプロポーズだった。

こうして俺は昼間に立花《たちばな》さんの罰《ご褒美》、夜に武田さんのお礼を貰《もら》うという生活が続くのであった。

## 【花】の葉くん特攻隊

ずっと、彼のことを見てきた。

みんなはどこにでもいる普通の男の子だっていうけど、私にとっては今も昔も世界一輝いていて、何を差し置いても大切な存在。

だから私が護《まも》ってあげる。たとえあなたに、気づいてもらえなくてもいいから――。


入学式から2か月ほど経《た》ったとある日の、移動教室前の僅《わず》かな休み時間。

私は今日も、女子の間で密《ひそ》かに流れる噂《うわさ》の件で、他クラスの子から話を聞きに行っていた。

でたらめな噂の出どころを見つけるのは本当に大変だったけど……ようやく犯人の尻尾《しっぽ》を掴《つか》むことに成功する。

進藤新《しんどうあらた》――この世で一番大っ嫌いな男の子。

1か月前から悪い噂を流していた人物だ。


昔のことはもう、許そうと思ってた。

心を入れ替えて真面目になったんだって。
これからはまっとうに生きていくんだなって。
でも――あなたは何も変わってないんだね。
ずっと我慢していた、怒りが爆発する。

許さない。

許さない許さない許さない許さない許さない。

――絶対に、許さない。

私だけじゃなくて、私の大切なものからも奪おうとするこの男を――私は絶対に許さない。

そんな怒りを晴らす絶好の機会が早々に訪れる。
放課後に進藤くんから呼び出され、告げられた愛の告白。
入学当初からやけに話しかけてくるから、なんとなく気づいてた。

どうして、どうして……どうしてなの？

どうしてあんな酷いことをしておいて……そんなことを言ってくるの？

……進藤《しんどう》くんは、あのときの子が私だって……やっぱり気づいてないんだね。

告白の返事はノーに決まっていた。

でも――私の口から出た言葉はそうじゃなかった。とっさの思いつき。

〝私のお願い事を三つ叶えてくれたら……付き合ってもいいよ〟

あなたに、思い知らせてあげる。

いつか犯した罪は、絶対自分に返ってくるってことを――。

ふふっ……私のお願い事、ちゃんと叶えられるかな？

◇

進藤くんは、一つ目のお願い事を意外にもすんなりと聞き入れていた。
お願い事を全て達成したら──進藤くんはいろんな意味で変わっているかもしれない。
翌日に登校した進藤くんの周りには、たくさんの人だかりができていた。
邪魔者がそばにいない、今がチャンスかも。
ずっとお話したいと思ってた。でも、ずっと怖くて今まで勇気が持てなかった。
だって、いくら待っても……彼は私にだけ話しかけて来ないから……。
この機会に、私も変わる決意をした。
きっと今のままの関係じゃ、ダメなんだ。
もっと彼のそばにいて……護《まも》ってあげたいから。
本当は、本当はダメなんだけど……今の私は立花だから、話しかけても、いいよね？
「お、おはよう……佐原《さはら》くん」
やっと、やっとお話しできた。
これから少しずつ、今の私を受け入れてもらえるように、頑張っていかなくちゃ。
でも……進藤くんには気づかれないように、こっそりとアプローチしないとね。

◇

時刻は朝の5時、初めて葉《よう》くんにお弁当を持っていく日。

私は今、悩みに悩んでいる。

前日の夕方に食材の買い込みをこれでもかとしたけど、結局何を作ればいいのか決めかねていたから。

何事も初めが大事。

これをしくじってしまったら全てが台無しになってしまう。

「うーん、葉くんは何が好きなんだろ」

とりあえず男の子が好きそうなものから作っていこう。そこから栄養バランスを整えていく感じでいいよね。

まずは揚げ物から。

衣がついた食材を、熱した油の中に投入する。

早朝のキッチンにジュワジュワと軽い音が響き渡った。

揚げ物は温度もそうだけど、油から引き上げるタイミングが何よりの要。丁寧に一つずつ調理していく。

葉くん、美味《おい》しいって言ってくれるかな……そもそも食べてくれるかな……大丈夫かな……

あっ、いけない。少し揚げ過ぎちゃったかも。

でも大丈夫、次々。

7個ほど揚げたところで厳選を開始する。


「どれにしようかな〜、そうだなぁ……葉くん特攻隊は君に決めた。頑張ってくださいね」


一番綺麗《きれい》なきつね色の串カツくん3号。

それを葉くんのお弁当箱に詰める。

次に綺麗な7号は私のお弁当箱に。

残りの余った1号、2号、4〜6号はブタさん弁当に詰め込んだ。

そのあとは前日に下処理した鳥もも肉も同様に調理を済ませる。

葉くんは嫌いなお野菜あるのかな。とりあえず今日はポテトサラダでも入れてみよう。ベーコンを入れれば食べやすくなるよね。

最後の塩こしょうでの調整は一番美味しくなるように何回も味見して、出来上がったものを葉くんと私のお弁当に詰めた。

次はハンバーグ。少し小さめに肉だねを作ってフライパンで焼いていく。

食欲をそそる感じでジューシーに仕上がった。
さて、厳選を開始しようかな。
「うーん……よし、次の葉《よう》くん特攻隊は君です。おめでとうございます」
一番焼き目が綺麗《きれい》なのを葉くんのお弁当箱に。
二番目は私のに。
残りは全部ブタさん弁当に詰め込んだ。
さてさて次は――。

こうしてお弁当の品数をどんどん増やしていく。
そしていよいよ料理は終盤、最後に葉くんのご飯にだけは愛情を忘れずに。
ふぅ、なかなか美味《おい》しそうなお弁当が出来上がったと思う。
あとは葉くんに渡すだけ。葉くんに……渡すだけ。

あぁ、どうしよう……今から緊張してきちゃったよ。
お弁当の粗熱が取れるまで、渾身《こんしん》の出来を拝むことで気持ちを落ち着かせる。それはさながら、受験前に使ってきた教科書やノートを積み上げて『大丈夫、私ならやれる』と心を奮い立たせる儀式のよう。

あ、ブタさん弁当はもう蓋閉《ふた》めちゃお。というかこれ、カバンに入るかな……。

◇

葉くんにお弁当を渡すのをなんとか成功させた日の夜。私はベッドの上でスマホの画面とにらめっこしていた。それと同時に今後の戦略を考える。

「明日からはなんて言い訳して葉くんにお弁当を食べてもらえばいいのかなぁ……」

——ピコン。

き、来た！

待ちに待った葉くんからのメールだ。

嬉《うれ》しい……連絡先ゲット！

はやる気持ちが抑えられずに秒で返信してしまう。

「あぁ……もうちょっと考えて返信してよ私……」

次、次は私から連絡してもいいのかな。

2回連続とかどうなのかな、あーんもう、メールだと相手が読んでくれてるのかわからないから焦《じ》れったいよぉ。

そんな葛藤《かっとう》を5分ほどしていたところで葉《よう》くんから返信が届いた。

『お弁当、本当にありがとうございました。どれもとても美味《おい》しかったです。揚げ物とか全部手作りですよね？　冷めててもサクサクしてて素晴らしかったです。あとポテサラは玉ねぎの甘味とベーコンの肉々しさがマッチしてて、ご飯との相性もバッチリでした。ハンバーグは噛《か》んだ瞬間にジュワッと肉汁が口の中に広がって、幸福感とともに溺《おぼ》れるかと思いました。あまり長くなってしまうとあれなので割愛させていただきますが、ほかの料理も素晴らしかったです。ところで、一つ謝罪しなければいけないことがあります。お弁当箱ですが、返すのを忘れていました。ごめんなさい』

私は枕を顔に押しつけて抱き寄せた。ニヤニヤが止まらない。

「ふふ、ふふふふ……んん～ふふ」

気味が悪い笑い声を出しながら、ベッドの上で体を左右にくねらせる。自分でもよくわからない歓喜の舞。気がついたら1分くらい踊ってた。

「はぁ、はぁ、はぁ……さすがに疲れた」
冷静さを取り戻してメールの内容をもう一度確認する。
これ、これだ。
お弁当箱を持って帰ったことを口実に、明日からもお弁当を食べてもらおう。
とりあえずは葉くん特攻隊に敬礼。
こうして、葉くんのためにお弁当を作る日常が始まった。
ところで私のハートマーク、あとどれくらいで効きますか？

# 第四章　それぞれのお願い

「「はぁ……」」

とうとうこのときが来てしまった。

立花《たちばな》さんにメールを誤送信し『明日の弁当楽しみにしとけやゴルァ』と言われてしまった日の翌日の金曜日。

俺は重い足取りでロッカーに向かい、扉の前で立ち尽くしていた。

俺の隣では同じようなため息が聞こえてきたが、今はそれどころじゃない。

このままでは埒《らち》が明かない。覚悟を決めろ俺。

ロッカーの暗証番号を解いて扉を開け……って、あれ？

そういえば立花さん、なんで俺のロッカーの暗証番号知ってんだろ。……いや、多分俺が教えたの忘れてるだけだろうな。

あのときは嬉《うれ》しさのあまりテンパってたし。

それはそうと、スマホの暗証番号変えとこ。検索履歴はクリア。

別に深い意味はないよ。

扉を開けるとそこにはいつもの見慣れた風呂敷がある。

外観ではいつもと変わった様子はない。問題は中身だが……。

手に取って祈るようにそっと扉を閉めた。

ここで初めてもう一つのため息の出どころに目を向ける。俺の隣には同じようにロッカーに手を突っ込む新《あらた》の姿があった。

「葉《よう》、お前弁当持ってきてるんだってな。よかったら一緒に食わねぇか？　失恋して寂しいお前に立花の弁当分けてやるよ」

そう言って新が取り出した弁当箱は……え、何そのデカさ。家庭用プリンターくらいあるんじゃないか？

明らかに常軌を逸している。

まぁ風呂敷に包まれた中身が全部弁当箱とは限らないか。

それにしてもさすがは立花さんの彼氏だな。弁当の大きさが愛情の大きさってか。俺の義理チョコならぬ義理弁とは大違いだ……。

「それは立花さんが新のために一生懸命作ったんだ。部外者が食べちゃダメでしょ」

「……冗談だよ冗談。お前に食わせるわけねぇだろ。ところで教室で弁当食ってないみたいだが、いつもどこにいるんだ？」

「あぁ、それは——」

「佐原《さはら》くん」

俺の後ろから聞き慣れた声が聞こえた。

声の主はちょうど話題に上がった俺の昼友だ。

「あれ、武田《たけだ》さんどうしたの？」

「一緒に行こうかと思いまして」

「珍しいね。武田さんが誘ってくるなんて」

「はい、昨日の筋トレで筋肉痛になってしまって……お弁当を持つのも辛《つら》いので佐原くんに持ってもらおうかと……」

「あぁ～わかる。久しぶりにやるとキツいよね～」

「……佐原くんは鈍感ですね」

「なんで!?」

今の会話の中に、俺の鈍感要素がどこにあるのか全くわからないんだが。

そんな俺たちのやり取りを聞いていた新《あらた》が会話に混ざってくる。その表情からはもう嫌な予感しかしない。

「おい、葉《よう》、お前……ぷ……ぷふぅ。マ、マジかよ……高望みし過ぎてたからってそんな……デ、デブすぅ……ぶ、ぶふぅっ、ダ、ダメだ、腹いてーぶははは！」

腹を抱えて吹き出す新。

明らかに武田さんを馬鹿にする言葉。

また久々にイラッとした。

俺がジャイ◯ンだったらボコボコにしてるぞ。

「あのなぁ！　言っていいことと悪いことがあるだろ！」

「ははは……あー悪い悪い、お似合いだよお前には。可愛い可愛い、羨《うらや》ましいねー」

あ、ジャイア◯はキャラチェンジするわ。

豪鬼《ごうき》の瞬獄殺《しゅんごくさつ》で夜露死苦。

こいつマジ許さん。いつかぎゃふんと言わせてやる。

とりあえずここにいるとろくなことにならないだろう。

「武田さん、行こ」

「は、はい……」

俺は武田さんの手を引いていつものお昼スポットに向かった。俺たちが手を繋《つな》いで歩いてるのをみんなに見られたが気にするもんか。

あ、武田さんは気にするか。ごめんね？

いつまでも武田《たけだ》さんのプニプニした手をにぎにぎしてるわけにもいかないから、すっと手を離した。

◇

いつものお昼スポットに到着。

階段に腰掛けて風呂敷を解こうとするが、イライラが手先に現れる。

武田さんにそれを悟られるほどに。

「佐原《さはら》くん、怒ってます？」

「佐原くんは怒ってまーす」

「私は気にしてませんよ？　私はいわゆるデブですし」

「武田さん、そういうことじゃないんだよ」

「じゃあどういうことですか？」

どうしてこういうとき、いつもは鋭い武田さんが気づかないのか。

これじゃあ、鈍感の称号は君に譲らざるを得ないよ。

「友達を馬鹿にされたらムカつくでしょ」

「……そうですね。私が逆の立場だったら同じように怒ってたかもしれません。すみません」

「わかればよろしい」

「佐原くんはずるいです……」

少し伏し目がちに言う武田さん。

どうやら武田さんの中で俺は鈍感男からずる男にジョブチェンジしたようだ。

憂鬱《ゆううつ》な気分から憤怒《ふんぬ》へ。

今日は感情が揺さぶられる日だな。

いかんいかん、弁当でクールダウンといこう。

だが弁当の蓋《ふた》を開ける直前に手が止まった。これは恐怖を予期した人体の防衛反応かもしれない。

「どうしたんですか？」

「いや、弁当のことを思い出して急に気持ちが沈んだだけでして」

もうこうなったらどうにでもなれ。

俺は弁当の蓋を勢いよく開け放つ。

――薬草が入っていた。シソ、紫蘇《しそ》、Shiso……しそ。

しそのつくね、しそのポテサラ、しその肉巻き、しそと鶏むね肉のチーズ焼き、しそと梅の混ぜご飯……そしてしその卵焼き。

それはまるで、昨日俺が食べた卵焼きの味を上書きするかのようなしそのオンパレード。

「あぁ〜……」

武田《たけだ》さんの口から哀れみの声がこぼれ出る。

すぐに弁当箱と風呂敷の間に手紙が挟まっていることに気がついた。

『少し意地悪し過ぎちゃいました。今度からは普通のお弁当を作ってきますね。でも……葉《よう》くんが悪いんですからね？』

いったいどんな激マズ料理に仕上げてきたのか、ドキドキしながら肉巻きを口に運んでみる。

あれ？

結局ウマウマだった。

どれもこれもしっかりと美味である。

でもさすがに終盤にもなってくると口の中がしそ。

食べ終わる頃にはもう、昨日食べたしその卵焼きの味は思い出せなくなっていた……。

◇

学校から帰宅した俺はスマホを玄関のドアにかざしてロックを解除した。ちなみに武田さんには父さんが電子キーを発行したらしい。不用心な気もするが、武田さんなら問題ないだろう。

玄関の靴から、武田さんと美紀《みき》が先に帰ってきていることに気がついた。

今日は新のせいでイライラがまだ残っている。

久しぶりに格闘ゲームでストレス発散だ。

俺とリビングにいた美紀はソファに並んで腰掛け、コントローラーを握ってキャラを選択する。

ストリー◯ファイターといったらやっぱりこれだよね。

そう、豪鬼《ごうき》様だ。

一切手加減してやらないぞ。ボコボコにしたらぁ！

くらえ、瞬獄殺《しゅんごくさつ》――スカッ。

こ、この、瞬獄――スカッ。

瞬――スカッ。

「なぁ妹よ」

「なんだね兄よ」

「1回くらい喰《く》らってみない？　瞬獄殺」

「ふむ、それではチュンちゃんの鳳翼扇《ほうよくせん》を喰らってくれたら考えてやらんでもない」

「あ、ちょ、それいま喰《く》らったら死ぬやつだから。ちょま、やめっ、あぁぁぁぁぁぁぁ！」

ボコボコにされた。

美紀《みき》に戦いを挑んだのが間違いだった……強すぎる。

こうなったらあとで最弱ＣＰＵをボコしてやる。

「お兄ちゃんは隙《すき》が大きすぎるんだよ。今から超必殺打ちますみたいな雰囲気が駄々漏れだし」

「えー、マジで？　そんなにわかりやすいかなぁ」

「もうちょっとジャブを打って相手を誘いださないと。恋愛も一緒だよ？　まぁ……お兄ちゃんの超必殺は勝手に発動して無意識に決まってることが多いのがずるいんだよねぇ～」

「何それ、どゆこと？」

「ふふ、本当にお二人は仲がいいですね」

そんな俺たちのやり取りを後ろのテーブルから眺めていたのは、現在絶賛ダイエット中の武《たけ》田《だ》さん。

今日はカレーだから煮込み中の空いた時間を使い、俺たちの様子を観察してたみたい。

ちなみに佐原《さはら》家では金曜日の晩飯はカレーと決まっている。

翌日に仕事が休みの母さんがゆっくりできるように、土曜の朝飯用としてこれでもかとストックするからだ。

なんだったら昼飯もカレーというパターンもある。

本当は俺と美紀でカレーを作る日なんだが、武田さんのお礼に甘えさせてもらってる次第だ。

「武田さんも格ゲーやってみる？」

「いえ、お二人がやってるのを見てるほうが楽しいです。そろそろ煮込み時間も終わるので私はキッチンに戻りますね」

武田さんがキッチンに戻るとすぐにカレーのいい匂いが漂ってくる。どうやらカレールーを投入したようだ。

使ってる食材も一緒だし、さすがの武田さんでもいつもの味になるだろう。そんな風に思っていたんだが……。

「何これ……武田さん、俺たちに気を遣って高級食材使った？　いいよそんなことしなくても」

格ゲーを終えてテーブルに着き、カレーを一口食べた俺は武田さんにそう伝えた。

「いえ、頂いた食材とキッチンにあった調味料をお借りして作っただけなんですが……」

「千鶴《ちづる》お姉ちゃん、うちにお嫁に来ない？」

妹から発せられる二度目のお誘い。美紀が求婚するのも無理はない。

どうして俺たちが作ったカレーとこうも違うのか……使ってるカレールーは同じなのに。

ここまで旨味《うまみ》を飛躍させる魔法の調味料なんてキッチンにはなかったはず。

こんなに美味《うま》いものを作られると重大な問題が発生してしまう。これには俺がしっかりとお説教をしてやらねばいかんな。

「武田《たけだ》さん、ダメだよ。こんなに美味《うま》かったらいっぱいおかわりしちゃうよ。そしたらせっかくストックを作ったのに明日の朝飯なくなっちゃうよ。どうしてくれんですかありがとうございます」

「感情がごちゃ混ぜになってて非難なのか感謝なのかわからないんですが……」

「千鶴《ちづる》お姉ちゃん、婚姻届明日持ってくるね」

「落ち着け妹よ」

誰がサインするんだ。

法律的に結婚できる人は佐原《さはら》家にいないぞ。

「武田さんは……ダイエット中だから食えないか」

「はい、市販のカレールーって脂質が多いのでダイエット中はダメなんですよね。それに炭水化物もほどほどにしないといけないので」

カレーは一見スパイスが効いててダイエットに良さそうなイメージがあるが、武田さんの言うとおり市販のカレールーはダイエットには向いてない。中にはハーフカロリーのルーもあるけど、ウチのは普通のやつだ。

「ちなみに武田さんってスパイスからカレー作れたりする？」

「はい、作れますよ」

「ほえ～、すごっ。作るのって大変？」

「市販のルーと比べれば多少手間はかかりますが、慣れているので大変じゃないですよ。材料さえ用意していただければ今度お作りしますけど……」

「ホントに？　じゃあお願いしようかな。そうすれば武田さんもご飯少なめにすれば一緒に食べられるでしょ？」

こんな美味いカレーを俺たちだけで食うのは気が引ける。それにトレーニング後の食事は大切だ。なるべく早めにしっかりと栄養補給してもらわないと。

武田さんは気を遣ってるのか、少し遠慮がちな様子だ。

「……いいんでしょうか。私が頂いたらお礼にならないような気がするんですが」

「気にしない気にしない。1食分くらいどうってことないって。一緒に食べようよ」

「……わかりました。それではお言葉に甘えさせていただきます」

「千鶴お姉ちゃん、おかわりー」

俺が武田さんと会話している僅《わず》かな間に、美紀《みき》はペロリとカレーを平らげていた。いくら普通盛りとはいえ早すぎるだろ。

「はやっ、おい美紀。太っても知らないぞ？」

「お兄ちゃん、私は決めたよ。このご飯を一生食べられるならデラックスになってもいい」

「それってもはや性別変わってるからね。俺は嫌だよ、ミキオ・デラックスなんて」

「美紀ちゃん、おかわり持ってきますね」

武田《たけだ》さんは美紀《みき》から空いた器を受け取ると、キッチンに向かって歩き出した。

そうだ。

今日はこんな美味《うま》いカレーだと思わなかったから、量はいつものしかないんだ。

これはまずい。カレーをよそわれる前にすかさず声をかけなくては。

「武田さん、なるべくご飯多めでね。さっきも言ったけど、あんま食べ過ぎちゃうと明日の分のカレーなくなっちゃうからさ」

「え～!?　じゃーあー、お兄ちゃんのおかわりカレー、半分ちょーだい？」

美紀が潤んだ瞳を向けてくる。

何言ってるんだ。俺だってこの極上カレーをおかわりで堪能《たんのう》したいってのに。

半分寄越《よこ》せだと？

そんなのダメに決まってるだろ。

うるうる。

ダメに決まって……。

うるうる。

ダメに……。

うるうるうる。

……くっ、ダメだ。この愛くるしい瞳には逆らえない。でも次からも通用すると思うなよ？

「……仕方ない。今回だけだからな？」

「やったー！　じゃあ千鶴《ちづる》お姉ちゃんお願いね」

「ふふっ、佐原《さはら》くんって……優しいお兄ちゃんですね」

ちくしょう。本当に本当に、今回だけなんだからねっ。

来週のカレーは倍の量作ってもらおう。そんときはたらふく食ってやる。

武田さんはキッチンから戻ってくると美紀におかわりを差し出した。美味そうに食ってる。その姿を見ていると身を削った甲斐《かい》はあったように思えた。

武田さんは脱いだエプロンをハンガーに掛けた。そろそろトレーニングルームに向かうようだ。

あっ、そういえば肝心なことを訊《き》くのを忘れてた。

「ねぇ武田さん。武田さんはいつまでに痩《や》せたいとかある？」

武田さんは顎《あご》に手を添えながら考えている。コテン、コテンと首を左右に振っているのがなんとも愛くるしい。

「そうですね……夏休みが終わるまでには元どおりの体型とはいかないまでも、それに近いくらいまでは痩せたいかなと」

武田さんがダイエットを始めてから換算すると、夏休みの終わりで2か月ちょっとか。

一般的に体型が変わり始めるまでには3か月かかると言われてるから、かなり短期間でのダイエットになる。ここからどれくらい変わるかは本人の努力次第だ。

「大変だろうけど、頑張ってね。俺も補助とかできることがあったら協力するからさ」

「ありがとうございます。それで……その……佐原《さはら》くんにお願いがあるのですが」

「ん？　なに？」

珍しいな、武田《たけだ》さんがお願いなんて。おじさんなんでも聞いちゃうよ。

なんか武田さんがモジモジしてる。可愛い。

「もしも……佐原くんがビックリするくらい痩《や》せられたら……お願い事を二つ、聞いてもらえませんか？」

「うん、いいよ？　何すればいいの？」

「それはまだ秘密で……それをモチベーションに頑張りますので」

俺ができることなら協力しようじゃないか。今なら検索履歴見せろってお願い事も叶えてあげる。

「りょーかい」

「あと、夏休み中はなるべく佐原くんには会わないようにしようかと」

「なんで？」

「私もジャジャーンをやりたいので」

痩せてビックリさせたいってことか。それ以前に毎日見てたら大きな変化には気づきにくいしな。そうは言っても、俺の家に来る限り全く会わないってのは無理があるだろうけど。

「それでは、私はトレーニングルームに行ってきますね」

「いってらっしゃい」

武田さんは両手で握りこぶしを作る。ジムに向かうその後ろ姿はやる気に満ちていた。

◇

自室でのんびりしてるとスマホが鳴った。

なんだ、母さんからの勉強しなさいって催促か？　甘いな、今日の俺はやる気がないのだ。

返信しないと怒られるから仕方なくスマホを手に取ったが、表示された名前を見た俺は一瞬でベッドから跳ね起きた。今俺を覚醒させられる人物はこの世で一人しかいない。

メールをタップして本文を開いた。

『葉《よう》くん、今日のお昼に武田さんと手を繋《つな》いでるところを見たんですが……あのあとまさかエッチなこととかしてないですよね？』

しまった……立花《たちばな》さんに見られてたのか。エッチなことなんてしてないから。

いろいろ誤解しているだろうから釈明のメールを送信すると、即行で返信がくる。相変わらずお早い。

『本当ですか？　武田《たけだ》さんばっかりずるいです。私とも手を繋《つな》いでください。ということで、明日デートしましょう』

意味がわからない。ずるいってなんだ。手を繋ぐってなんだ。デートってなんだ。

なんかの暗号文か？

俺はしばらく返信せずに、その意味を必死に読み解いていた。

ダメだ、先生……難解過ぎてわかりません。

◇

どうしてこんなことになったんだろう。俺は自分の置かれた状況を改めて整理する。

新《あらた》に愛《いと》しの昼友である武田さんを馬鹿にされ、遠ざけるためにプニプニの手を取ってその場を立ち去った。そこまではいい。

だが、その現場を目撃した立花《たちばな》さんから『武田さんばっかりずるい、手を繋げ、デートしろ』という謎の暗号文、いや怪文書を送りつけられ現在に至る。

意味不明過ぎて約束の1時間前から、俺は集合場所である見晴らしのいい公園のベンチで佇《たたず》んでいる。

立花さんって彼氏持ちだよね？　これって浮気にはならないのか？

あれか？　友達とのデートはセーフって協定でも新と結んでるとか。俺が彼氏だったら絶対嫌なんだけど、異性の友達と手を繋ぐくらいリア充では普通なのかな。

恋愛スキルが低すぎて理解不能だ。

この状況に対して立てた仮説は、立花さんと新は別れた説。だがそうすると、つい先日見た新への愛情弁当の説明が付かなくなる。この説に関しては立証が必要だ。

あとは新が、俺が立花さんのことを好きだったことをバラして、二人してからかってるとか。ただ性悪な新はともかく、あの天使の立花さんがそんな陰湿なことをするとは考えられないし……。

残す究極の仮説は立花さんは、ポリアモリー説。これはパートナーの合意を得て、複数人と関係を持つことだ。浮気とは違った扱いになるが、今の日本ではなかなか受け入れられない。

一夫多妻制とかの文化がある国だったら話は変わってくるんだろうけど。

だがこれも、ほとんど接点がなかった俺のことを好きになるとは思えないし……。

あぁ～っ、もうダメだ。わけがわからん。

「バウッ！」

俺がそんな思考に浸っていると、１匹の大型犬が勢いよく飛びかかってきた。ベロベロと舌を出し、獲物を発見した歓喜からか盛大に尻尾《しっぽ》をふりふりしている。

「ちょわっ、なんだこの犬っ!?」

さてはデートとやらは罠だな。俺を噛《か》み殺しにきたこの犬が何よりの証拠。まさか葉《よう》暗殺計画が始動していたとは想像もしてなかったよ。

こうなったら最期《さいご》の最期まで抵抗してやる。このゴールデンレトリバーが、やんのかコラ?

ぶっコロ……可愛いなおい。

「どわっ!?」

あまりのデカさに押し倒された。

俺は今日、ここで初めての夜を迎えるのか。せめてDTは人間で卒業したかったな。ファーストキスは無理やり奪われてしまったよ。ベロチューですよベロチュー。

なんかこの子、キュンキュン言ってるんだけど……ちょ、オシッコ、オシッコはやめて。

「葉くん、早いね」

その犬に繋《つな》がるリードを握っていたのは今日の約束相手の立花《たちばな》さん。犬の飼い主はあなたでしたか。そんな微笑《ほほえ》ましい顔で眺めてないで、とりあえずこの子をなんとかしていただきたい。

「た、立花さん!　重いから引っ張って!」

「ほらおいで。こら、ダメだって。言うこと聞きなさい」

やだー、全然制御できてないじゃないですか。

立花さんは30秒くらい格闘してようやく引き剥《は》がしに成功した。

俺の口周りは唾液《だえき》まみれだよ。あと俺がお漏らししたみたいになってるんだが。

「普段はおとなしいんだよ？　この子」

「全く説得力がないんですけど」

「私と同じで葉くんに会えて嬉《うれ》しかったんだよ」

犬の気持ちは俺にはわからない。ついでにあなたの気持ちもわかりません。

「その子、女の子だよね？」

「そうだよ。よくわかったね。ココアっていうの」

いえ、希望的観測です。初めての唇を奪われて放尿プレイした子が野郎なんて受け入れ難し。

俺は立ち上がり、ズボンの汚れに目を向けた。

すると立花さんはショルダーバッグからタオルを取り出し、申し訳なさそうな顔で俺の下半身へと手を伸ばす。

「ズボン汚しちゃってごめんね？　拭いてあげる」

「あ、いや、じ、自分でやるから大丈夫。タオルだけお借りします」

デリケートゾーンを立花さんにフキフキされたら俺はどうにかなってしまうよ。

今日はどんなアクシデントがあってもいいように、撥水ズボンをはいてきたから幸いにもおしっこは染み込んでない。借りたタオルで軽く拭いたら綺麗《きれい》になった。

「それじゃあ葉《よう》くん、お散歩デートしよ？」

立花《たちばな》さんは空いている左手を差し出してきた。

本当に手を繋《つな》ぐのか。いいのかこれ。

犬に気を取られて気づかなかったが私服姿の立花さん、マジで可愛いんだが。清らかさと可愛さを兼ね備えたサックスブルーの花柄ワンピース。きゅっと締まったウエストのリボンはスタイルの良さをこれでもかと強調している。

もちろん制服姿も捨てがたいんだけどね。

俺は戸惑いながらも右手を差し出すと、立花さんはその手を取るや否や指を絡め取る。

あの、これ、恋人繋ぎってやつじゃないんですかね。いろんな意味で手汗出てきちゃうよ。

立花さんのしっとりとした指、ほんのりと伝わる手の温もり、クラッとめまいがしてしまうような女の子の匂い。それらが俺の体を介して脳へインプットされていく。まるで自分の体じゃなくなったみたいな、ロボットにでもなったかのようにぎこちない歩き方になってしまう。

そのまま犬1匹を引き連れて公園内を散歩した。

6月の下旬ともなるとだいぶ気温も上がってくる頃合いだが、今日は比較的過ごしやすい。

はずなんだが、さっきから体が異様に熱い。胸の動悸《どうき》が止まらない。でもそんな心理状態などかまいやしない。俺は今日、立花《たちばな》さんに核心を突く質問をしようと心に決めてきたのだ。

ムードもへったくれもあるもんか。いきなり訊《き》いてやる。

「突然だけど……立花さんはいま好きな人いるの？」

立花さんは少し上目遣いで俺を見たあと、すぐに目を逸《そ》らした。

「……いるよ？」

「へぇ……どんな人？」

「かっこいい人」

「どれくらい？」

「世界一」

さすがはイケメンくんだな。世界一とは立花さんもゾッコンの様子。次の質問に行こう。

「お弁当とかたくさん作ってあげたい？」

「うん、美味《おい》しいって言ってもらえると嬉《うれ》しいよね」

やはり弁当のデカさが愛情の大きさだな。俺の推測は間違ってなかった。

そして次が一番重要な質問だ。

「その人がどんな見た目になっても愛し尽くしたい？」

「そうだね。一度好きになったら見た目なんて関係ないかな」

つまり新《あらた》のハゲ頭は立花さん公認ってことか……愛されてるな。羨《うらや》ましい。

ダメだ、本当は付き合ってないいんじゃないか説を立証しようと思ったけど、質問をすればするほど虚《むな》しくなってくる。何訊いてんだろ俺……。

俺が自爆ノックアウトしていると、立花さんは俺の顔色を窺《うかが》いながら質問してくる。

「葉《よう》くんは……好きな人いるよね？」

なんですか、いるのが確定してるかのような質問の仕方は。いるけども、いますけども。

目の前に。

「いるよ」

「どんな人？」

「めっちゃ可愛い。見てるだけで癒やされる。話してるとウキウキしちゃうよ。でも謎すぎて知らないことが多すぎるかな」

今の状況が最大の謎なんだがね。そこんとこ説明してもらえないか。

立花さんは上目遣いで俺を見る。今度はさっきよりも長く、じっと視線を逸らさずに。

かすかに赤みがかる頬《ほお》が妙に色っぽい。か、可愛い……やっぱり俺、ちょろ男だわ。

「それじゃあ……もっと知りたくない？」

「……そうだね。できることなら」

そんなに見つめられると心臓が飛び出てしまうよ。

だが飛び出したのは俺の心臓じゃなく、立花《たちばな》さんの口から出たとんでも発言である。

「ちゃんとFカップだよ？」

「……へ？」

立花さんは少し恥ずかしそうにすると、俺がその意味を問いただしても何も言わなくなってしまった。どうやら押し黙りモードに移行してしまったらしい。

何それ、マジでどういう意味だ。

今言えることは立花さんはFカップが確定したということ。ビバ歓喜。

頭の中で会話の流れを振り返ってみる。

あれ？　これ……俺が立花さん好きなの、バレてね？

◇

公園内を散歩したあと、トイレが併設された休憩所で一休みすることにした。屋根も付いて自販機も設置してある。ありがたい。

俺は自販機の前で財布を取り出しながら、立花さんのリクエストを伺《うかが》った。

「立花さんは何飲みたい？」

「葉《よう》くんご馳走《ちそう》してくれるの？」

「もちろん。いつもお弁当をお裾分《すそわ》けしてもらってるからね」

「やったぁ！　ん〜……じゃあ葉くんが飲みたいのと一緒で」

立花さんはパッと明るい笑顔を見せた。大好きなお菓子を買ってもらう子どもみたいだ。

「俺が飲みたいのか……炭酸は大丈夫？　あとこれは飲めないとかある？」

「ううん、大丈夫だよ」

「りょーかい。そうだなぁ……」

自販機のラインアップを確認すると、オーソドックスな大手飲料メーカーばかりだ。変り種はないっぽい。たまに気になって買うと失敗するんだよね。立花さんは遠まわしにおまかせと言ってきたが、ここは無難なものをチョイスしたほうがいいだろう。

よし、これに決めた。みんな大好き、ねっちゃんのオレンジ味だ。

ガコンとペットボトルを受け口に落下させること２回。取り出したペットボトルはしっかりと冷えている。片手に持った１本を立花さんに差し出した。

「はい、どうぞ」

「ありがとう、葉くん」

立花さんは両手で嬉《うれ》しそうにペットボトルを受け取った。

えへへと効果音がつきそうなほど、笑ってできたたれ目がなんとも可愛らしい。まるでこの間ドラマで見た、彼氏からプレゼントを受け取って嬉しがる女優の表情に似ている。

そんなに飲みたかったのかな、ねっちゃん。美味《おい》しいもんね。

キャップを開けてコクリコクリコクリと三口。オレンジの爽やかな風味、すっきりとした飲みごたえが渇いたのどに潤いを与えてくれる。

「ふはーっ……」

「わ〜、おいしいね」

「うん、夏のねっちゃんは最高だね」

立花《たちばな》さんはコクッコクッと少しずつ口に含み、すごく美味しそうに飲んでいる。

喜んでくれてよかった。ジュース1本で大げさだろうけどさ。

オレンジの香りに誘われたのか、さっきまで伏せをしていたゴールデンレトリバーのココアがぬっと立ち上がった。俺の膝《ひざ》を台座にしてペットボトルに近づき、すんすんと鼻を動かしている。

「ぬわっ、あげないぞ。ココアはココアでも飲んでなさい」

「ふふっ、ダメだよ葉《よう》くん。ココアをあげたら」

「そりゃそうだ。すんません」

犬に人間の飲み物は毒だからな。ペットを飼うならその辺もしっかりと把握してなきゃいけない。なでなでしてココアの欲求を鎮圧した。ところでどれくらい飼ってるんだろう。

「この子いま何歳？」

「3歳だよ」

「え、3歳ってこんなでかくなるんだね」

「1歳くらいでもうこんな感じになっちゃうんだよ。すごいよね、ワンちゃんの成長速度って」

「へぇ～、すごいなぁ～ココア～」

頭を撫《な》でてココアを褒めてやる。モフモフしててツヤツヤの毛並みが気持ちいい。

なんのこっちゃわからないだろうが、尻尾《しっぽ》をふりふりして嬉《うれ》しそう。

3歳か……そういえば初恋の子が飼ってた犬種ってなんだっけ。もしかしたらこれくらいデカくなってたりして。

しばらく談笑を楽しんだあと、スマホを確認した立花さんからデートの終わりを告げられた。

「ごめんね葉くん、私このあと用事があって……」

「大丈夫だよ。それじゃあ、またね。ココアもね」

しゃがんでココアの両頬《ほお》をわしゃわしゃした。可愛いなぁ……ペットは癒やされる。癒やされ過ぎてなんか忘れてる気がする。帰りながら思い出そう。

俺はリードを引く立花さんとココアの後ろ姿を見送った。

その姿はどこか懐かしく、忘れかけていたあの子の記憶と重なったような気がした。

## 【新】なる試練

「それじゃあ二つ目のお願い事だけど……」

俺は立花《たちばな》から言い渡される願い事に耳を傾けた。風呂場の鏡に映る二つの山を凝視しながら、次の言葉を待つ。

風呂場の椅子《いす》に腰掛けながら眺めるこのローアングルは圧巻だ。裸じゃないのが残念でならないが、それも時間の問題だろう。

一つ目の願い事はスキンヘッドにしろという難題で、俺の大切な髪の毛を全て差し出すことで達成することができた。

もう髪の毛を失った俺に恐れるものはない。絶対に達成してこの最上級の女をものにしてやる。

さぁ、次のお題はなんだ。

立花の口から二つ目の願い事が告げられる。

「私のお料理を食べて?」

「……は？」

どんな願い事かと思えば……料理を食えだと？

一つ目の願い事とのあまりの落差に俺は拍子抜けする。

「私ね、お料理が趣味なんだけど、ついたくさん作り過ぎちゃうの。だから好きな人にはたくさん食べてほしいんだぁ」

「なんだよそんなことか、いいぜ。むしろ願ってもないことだな」

余裕じゃねぇか。むしろ褒美《ほうび》と言ってもいい。これなら楽勝だな。さっさと食って三つ目の願い事を達成して、そのままベッドインだ。

そう思ったのも束の間、あまりにも理不尽なことを言い渡される。

「期間は夏休みが終わるまでね。ちゃんと私のお料理を残さず食べられるか見極めたいの」

「は……はぁ!?　ふ、ふざけんなよ！　夏休みが終わるまでって……2か月以上も付き合うのを待てってのか？」

俺の叫び声は狭い風呂場の中で大きく反響する。

冗談じゃない。こっちは入学式の日から抱けるその日を待ちに待っていたんだ。

今日イケると思ってここに来たのに、それが2か月待てだと？

そんな俺を説き伏せるかのように、立花は落ち着いた声音《こわね》で話を進める。

「進藤《しんどう》くん、お昼は学食だったよね？　少なくとも夏休みまでの約1か月間は食費が浮くんだよ？　別に悪い話じゃないと思うんだけど。それに晩ご飯は毎日私のおうちで食べさせてあげるから、進藤《しんどう》くんの家計的にもいいことだと思うの」

立花《たちばな》に言われて少し考えを改める。その美声も相まって俺を冷静にさせたのかもしれない。

俺の親は帰りが遅いからいつも一人で晩飯を食ってる。夜はスーパーの惣菜《そうざい》とかコンビニ弁当だ。

昼飯代と晩飯代、小遣いと合わせて月に5万貰《もら》ってる。仮に昼飯と晩飯を2か月間毎日作ってもらえるなら、10万を丸々小遣いに充てられる計算だ。

2か月後の誕生日を迎えれば俺も16歳になる。ずっと欲しかった原付免許とバイク。その費用を全額賄《まかな》える。少し貯金を足せば新車にだって手が届くかもしれない。


俺にだって女以外の物欲はある。


誕生日を迎えたその時、最上級の女とバイクが俺の手元に入ってくる。

最高の誕生日プレゼントじゃねぇか。

それにこれは夏休み中も立花に毎日会えるということでもある。そんなのはもう実質付き合ってるようなものだろう。

最上級の女が目の前にいて触れられないというのは不満が募るだろうが、その間はほかの女で我慢することにしよう。

「言われてみれば悪くない話だ。わかった、やるよ。ただし――」

これだけは確約してもらおう。不安の種は早々に潰《つぶ》しておく必要があるしな。

「三つ目の願い事はすぐに叶えられるものにしてくれ。また2か月かかるとか言われたら堪《たま》ったもんじゃない」

「それは大丈夫だよ。三つ目のお願い事はすぐにできることだから安心して」

立花は迷うことなく即答した。既に立花の中で願い事は決まってるようだ。なんだか気になるところだが、今は二つ目を達成することに注力していこう。

「それならいいよ」

「でも、一度でも残したらダメだからね？」

「大丈夫だよ。俺はこう見えても結構食うんだぜ？　俺の食べっぷりを見せてやるよ」

「それは楽しみだね」

今は部活に入ってないが、中学の頃はバリバリのサッカー部だったからな。ちゅき屋のクイーン盛りだってペロリとお手のもんだよ。

もしもその頃に立花がいれば、イケメン守護神と云《い》われた俺のキーパーぶりに見惚れてイチコロだっただろうに。そうすればこんな苦労をせずに済んだかもしれないんだがな。

出会いの遅さが悔やまれる。

今日は食材を用意していなかったから、明日の弁当から願い事を開始することになった。

この日はヒリヒリする頭をさすりながら立花《たちばな》の家を後にした。

◇

立花には事前にロッカーの暗証番号を教えていた。毎日ロッカーの中に弁当を入れてくれるらしい。

弁当は必ず教室で、立花が見える位置で食えとのことだ。立花も心配性だな。

事前に俺の女ネットワークで立花が料理上手なのは把握してるんだ。美味《うま》い料理を俺が残すとでも思うか？　しっかりと胃袋に収めてやるぜ。

俺はうきうき気分でロッカーのダイヤルを解除して扉を開けた。

「…………」

そっと扉を閉めた。あれ、間違えて誰かのロッカー開けちまったかな。

ロッカーに付いているネームプレートをしっかりと確認する。間違いなく進藤新《しんどうあらた》と書いてある。

ま、まさかな……見間違いだろう。少し冷静になってから改めて扉を開けた。


見間違いじゃなかった。


そこに鎮座しているのはあまりにもでか過ぎる風呂敷に包まれた何か。

なんだよこれ……まさか全部弁当とか言わねぇよな?

恐る恐る風呂敷を持ち上げてみる。

お、おもっ!?　マジかよ!?　どんだけ作ったんだよこれ!?

俺は食う前に戦意を喪失《そうしつ》していた。弁当というにはあまりにも重過ぎた。中にダンベルでも入ってなくては説明が付かないほどの重量が腕にかかる。

「と、とりあえず……席に着いて中を開けてみよう。もしかしたら中身は大したことないかもしれない」

そんな希望の言葉を一人呟《つぶや》き席に腰掛けた。

いつも食堂で食ってたからどこかの弁当組に混ざろうかと思ったが、この頭の話題を持ち出されると面倒だ。ほとぼりが冷めるまでは一人で食うことにした。

席に着くと女子たちの視線が俺に集まるが、それは全く別の性質のものへと変わっていた。

遠くからこそこそと、かすれた声が耳に入ってくる。

「ねぇ、あれ見て？　進藤《しんどう》くん、今日はお弁当みたいだよ」

「っていうか、あれって本当にお弁当なの？　大きすぎない？」

「でも風呂敷に包まれてるし……何が入ってるんだろうね」

「カツラだったりして」

「ふ、ちょっとやめなって。聞こえたらどうすんのよ。それにあんな大きなカツラとかないでしょ……ぶふ」

「あんたも笑ってんじゃん」

全部聞こえてんだよ。いちいち弄《いじ》りやがって……。とりあえず外野の声は全無視だ。

まずは風呂敷の結び目を解こう。祈りを込めて中身を確認した。

ブタが入ってた。

巨大なブタの形をした弁当箱、3段式。でか過ぎる。俺は製造業者に殺意を覚えた。

どこでこんな弁当箱売ってんだよ。ふざけんな。

ブタ弁当の上には手紙が載っている。

あぁ、ラブレターだな。こうなったら意地でも完食して、余韻に浸りながらこの手紙をじっくりと読むことにしよう。

ムカつくブタの顔に見つめられながら1段目の蓋《ふた》を開けてみる。

茶色だった。

女子が作ったとは思えない。華やかさのかけらもない。茶色一色の弁当。

野菜などは微塵《みじん》も入ってない。揚げ物を中心とした脂質が多いものばかりで埋め尽くされている。

つ、次だ。もしかしたら野菜とかは段分けしてるだけかもしれない。

1段目を持ち上げて2段目の確認に入る。

米だった。

全部米。このデカい1段全部米。

何合あるんだよこれ……。

というか、今持ち上げてる1段目が重すぎる。早く置かないと落っことしそうだ。そっと置こうとしたが『ドッ』という弁当にはあるまじき重厚な効果音が鼓膜に響く。

次の3段目。俺はもう何が来ても驚かない。

もう弁当を広げられるスペースがないから、とりあえずは1段目と2段目だけで食べ進めることにした。

味はめちゃくちゃ美味《うま》い。感動したわ。これを今日から夏休みが終わるまで毎日食えるなんて……俺は世界一幸せな高校生かもしれない。食べ始めはその美味さから、もしかして余裕なんじゃないかと思えてくるほど。

だが……後半になるとその膨大な量の品数に胃袋が悲鳴を上げ始める。

「う……うぷっ……」

あ、あぶねぇ……戻すとこだった。

それからは必死だった。満腹中枢が満たされる前に、とにかく箸《はし》の動きを止めないように無我夢中で胃の中へと押し込んでいく。

そうしてなんとか完食に漕《こ》ぎ着けることに成功した。

「はぁ、はぁ、う、はぁ……」

よっしゃあ……全部食ってやったぞ。見たか立花《たちばな》。

しかし俺は夢中になるあまり、3段目の存在をすっかり忘れていたことに気づく。

くそ……まぁ3段目はデザートとかそんな感じだろう。甘いものは別腹っていうし、あともう一息頑張るか。

空になった2段目を持ち上げたその瞬間、俺は悪魔の門を開け放ってしまったことを後悔することとなる。


——沼が入っていた。

あの某ダイエット料理の沼。炊飯器で炊く沼。紛《まぎ》れもない沼。それが俺の弁当箱に入ってる。

沼独特の匂いが教室に漂い、クラスメイトの痛い視線が俺に突き刺さる。

とりあえず沼がなんなのかわからないやつは『沼　ダイエット』で検索しろ。マジでこれを弁当に入れるとか正気の沙汰《さた》じゃない。

既に満腹の俺にはもはやダイエット食とは呼べなかった。水分の暴力。胃が圧迫されて今すぐにでも胃の中身をぶちまけてしまいそうになる代物《しろもの》。それが俺の弁当箱に入ってる。

完食してから読もうかと思ったが、心が折れた俺は先にラブレターを読むことにした。

立花、どうか俺に勇気を分けてくれ——。


『残さず食べてね』

絶望の始まりだった。

ぼう……ぼうぐえない……。

# 第五章　侵略のふにゅ

立花《たちばな》さんとのお散歩デートは2時間ほどで終わり、俺も寄るとこないからまっすぐ帰宅した。

だが、帰ってる途中に忘れていたあのことを思い出してしまう。

俺が立花さんが好きなのバレてんじゃねーか疑惑。

考えれば考えるほどモヤモヤが止まらない……。どちらにしても、悩んでいても仕方がない。

筋トレでもして発散しよう。

キッチンでは美紀《みき》が何やら必死にゴソゴソやっている。掃除でもしてんのかね。

「何やってんの？」

「ん？　なんでもなーい。それよりお兄ちゃん、ちゃんと褒めた？」

「……なんのこと？」

「そのびみょ～に気合いの入った格好、今日デートかなんかだったんでしょ？　ちゃんと『その服似合ってるね』って褒めてあげた？」

「あっ!?　あぁぁぁぁぁ!?」

「……へっ」

鼻で笑われた……この失態も合わせて筋トレで発散してやる。

ジャージに着替えてトレーニングルームに入ると、絶賛スクワット中の武田《たけだ》さんに遭遇した。前方の鏡を見てフォームを確認しながら、入室してきた俺に気づかないくらい一生懸命頑張っている。

筋トレを始めてからそんな経ってないけど、だいぶ素人《しろうと》感が抜けた気がするな。これはこの間父さんが指導してくれたおかげなのか、それとも武田さんの秘めたる才能か。

かなり綺麗《きれい》なフォームだ。まるでお手本のよう。

補助に入ろうかと思ったけど、あの集中を途切れさせるといけないから今はそっとしとこう。

「ふにゅ」

ベンチプレスかデッドリフトどっちやろう。

「ふにゅ」

やっぱベンチだな。

「ふにゅ」

今日はマックス重量に挑戦しよう。

「ふにゅ」

まずはウォーミングアップからだ。

「ふにゅ」

あの……さっきからうめき声が可愛過ぎて全然集中できそうにないんですが。

あとで注意しよ。俺がいるときはふにゅ禁止。聞いてるとこっちが脱力するから。

よし、ウォーミングアップも終わったし120キロに挑戦だ。

いくぞ、どりゃあぁぁぁぁぁ!!

「ふにゅ?」
ダ、ダメだ……力が抜ける……。
ガタンッ!

潰《つぶ》れた……。セーフティーバーがなかったら確実に死んでたよ。

やめやめ、やめだやめ。こんな状況でマックス挑戦とか無理だから。

というか、最後の疑問符なに?

◇

——ふぅ、軽く筋トレ終了。

モヤモヤはすっきりと晴れた。あれ、俺は何に悩んでたんだっけ……。思い出すとモヤモヤが再燃しそうだから考えるのやめとこ。

終わったあとは速やかにタンパク質の摂取だ。父さんが海外から個人輸入したプロテインを水で溶かしてシェイク。一気に胃袋の中へと流し込む。お次はもっとも重要な食事。まぁ俺は父さんほどの筋トレガチ勢じゃないから、そこまで拘《こだわ》りはないんだけどね。

俺はキッチンに行って一縷《いちる》の望みを胸に寸胴《ずんどう》の蓋《ふた》を開けてみた。やっぱり武田《たけだ》さんの作ったカレーは入ってない。というかカレーの痕跡がない。

犯人は言わずもがな美紀《みき》だ。妹め、一滴残らずすくい取りやがって。俺のお口は朝の余韻からカレーの気分だったのにどうしてくれんだ。空になった寸胴の容器を眺めながら美紀への憎悪パラメーターを上げていると、我が家のマザーがやってきた。

母さんは新居に引っ越してきてから本格的に仕事を始めたようだ。フレックスタイム制とかいう勤務体系で、ある程度出勤時間に自由が利くらしい。朝に弱い母さんは家を出るのが遅いから、帰ってくるのも夜遅くになることが多い。今日は休日だからぐっすり眠れたことだろう。

「あれ？　葉《よう》、今日は出かけるんじゃなかったの？」

「うん、でも早めに帰ってきたよ」

「お昼どうする？」

「お願いします」

「はいよ、ところで千鶴《ちづる》師匠は？　今日も来てるの？」

なんか……変な敬称が聞こえた気がする。聞き間違いか？

「今トレーニングルームにいるよ。ランニングしてる頃合いじゃないかな」

「そう、父さんのろくでもない趣味部屋が役に立つ日が来るなんてねー。私も弟子入りしたからにはご指導のお礼を考えとかないと」

弟子とかいうワードが出てきた。聞き間違いじゃなかった。

武田《たけだ》さん……いったい母さんに何してくれてんの。

「ねぇ母さん、千鶴《ちづる》師匠って何？」

「料理を教えてもらってるのよ。先週弟子入りしたわ」

「息子と同じ年頃の子に教えを乞《こ》うって……あんたに大人としてのプライドってもんはないのか」

「ないわね。あの料理が再現できるならなんでもするわ」

こりゃダメだ。美紀《みき》だけじゃなく、ここにも胃袋を刈り取られた被害者が。母さんは決して料理がヘタなわけじゃないから、弟子入りまでしなくても良かったんじゃないか？

まぁ飯が美味《うま》くなるに越したことはないんだけどさ。

ガラガラと引き戸が開くと、トレーニングを終えた武田さんがキッチンに顔を覗《のぞ》かせた。

「佐原《さはら》くん、お風呂のシャワーお借りしますね」

「うん、お好きにどうぞ」

「師匠、お風呂沸かしてありますよ。ゆっくりお湯に浸かっていいので、お風呂から上がったらご指導をお願いしますね」

「あ、お母さん。わざわざありがとうございます」

なんだか至れり尽くせりだな。俺と父さんには昼間に風呂沸かしてくれたことなんて一度もなかったのに。ん？　というか待てよ。風呂上がったあとに料理だと？

「え、母さん。それって俺の飯？」

「そうだけど？」

「それまで待てと？」

「そうだけど？」

「そ、そんなぁ……あんまりだ」

「作ってもらうんだから文句言わないの。ちょっとは我慢しなさい」

それだと筋トレ後のゴールデンタイムをオーバーしてしまうんだよ。もしも父さんだったら悲鳴を上げてるからね？

俺に申し訳なく思ったのか、武田さんが口を挟んでくる。

「あの……でしたら先にお料理にしますか？」

「あー師匠、いいのいいの。ゆっくりお湯に浸かってね。これは後回しでいいから」

「息子をこれ呼ばわりとか酷《ひど》くない？」

「師匠と葉《よう》だったら優先順位は師匠だからね。当然でしょ」

どうやら俺が思っている以上に毒されてるようだ。

こうして、武田《たけだ》さんの影が佐原《さはら》家に少しずつ浸食していくのだった……。

◇

月曜日のお昼スポットでの昼飯時、産まれたての子鹿のような動作でプルプルしながら座る武田さん。どうやら一昨日《おととい》のスクワットがよっぽど効いたようだ。

「武田さん大丈夫?」

「はい……かなり筋肉痛が来てます」

「あんまり張り切り過ぎないようにね。たまには休息も必要だよ」

「お気遣いありがとうございます。佐原くんのお父さんに分割法でメニューを組んでもらっているので、なるべくそれに沿って進めていきたいと思います」

分割法とは足の日とか胸の日とか、部位ごとに分けてトレーニングをするやり方だ。スケジュールは父さんが管理してるみたいだから、その辺は心配ないだろう。

それよりも問題はほかにある。昨日の母さんを見て抱いた一つの疑惑だ。

「ちなみに武田さん……父さんに何かしてないよね?」

「何かとは?　いったいなんのことでしょう?」

「……いや、なんでもないよなんでも」

深く訊《き》こうかと思ったけど、父さんのことだから大丈夫だろうと思い留まった。

俺も少し考えすぎかな。

それはそうとこの間も思ったけど、武田さんは筋トレの飲み込みが早い気がする。何かスポーツでもやってたのかな。

「武田さんって、なんか部活はやってた？」

「中学の頃はテニス部に入ってました。こう見えて結構うまかったんですよ」

武田さんはエアーラケットを持つとぶんぶんと両手で素振りを始めた。俺の脳内では自然と『ふにゅ』が再生される。やばい、俺も毒されてる気がする。

しばらくすると素振りをしてた武田さんの表情が次第に曇り出す。

あ、まずい。地雷踏んだ。中学っていじめに遭ってたときじゃん。

俺は慌てて話題を自分に向けた。

「ちなみに俺は美術部だったよ。こう見えて二十一世紀のゴッホと呼ばれた男だったんだからねっ」

「ゴッホですか……私はラッセンが好きです」

「どっかの芸人みたいなこと言うのね武田さん」

「イルカが好きなんですよね。キューキューとした鳴き声も合わさって、とっても可愛いです」

武田さんはふわっと明るい表情へと切り替わる。

やっぱり……不意に見せる笑顔がめっちゃ可愛い。

◇

学校が終わり、帰宅部の活動開始。

武田《たけだ》さんは休養日だから今日は我が家に来ていない。俺もたまにはガチトレしよう。

『ふにゅ』がいない今がチャンス。

さっそく着替えてトレーニングルームに入ると、鏡の前でパンツ一丁でポージングをするマッチョな不審者もといファザーがいた。

ああして鍛《きた》えた部位を確認しては、左右差がないようにバランスを整えてるんだとか。

父さんは夢のマイホームを建てるために若い頃から働き詰めだったらしい。口ベタな父さんから仕事の話題は出ないけど、母さんいわく建築の仕事で最近事務所を立ち上げたらしい。

佐原《さはら》家がお金持ちになったら、お小遣いはどうか一万《諭吉》でお願いします。

「葉《よう》、おかえり」

「ただいま。今日は仕事早く終わったんだね」

「筋トレしたくて早めに終わらせたんだ」

「筋トレしなくても早めに終わらせたらいいのに」

「葉はわかってないな。時にはサボることも必要なのだよ」

「それ、本来は息子に言っちゃいけないやつね」

父さんはこんな感じでいつも緩い。本当に働き詰めだったのかと疑いたくなる。

そんな父さんの子育てのおかげで、俺ものびのびと成長しましたよ。

さて、武田さんに倣《なら》って俺もスクワットといくか。これがまた久しぶりにやるとキツいんだよ。俺も明日は産まれたての子鹿になるかもしれない。

「そうだ葉。この新しいメニュー表、千鶴《ちづる》さまに渡しといてくれ」

……俺はその二文字で全てを察した。佐原家の大黒柱が陥落したことに……。

「ねぇ父さん……武田さんと何があったの？　弱みでも握られた？」

「そうだ、弱みを握られた。俺はもう千鶴さま無しでは生きていけない体になってしまったかもしれない」

「それ、絶対に母さんには言っちゃダメだよ。序章〝佐原家離婚の危機〟が勃発《ぼっぱつ》するから」

「それは大丈夫。もう母さんには言ってあるから」

「え……勃発しなかったの？」

「千鶴さまならいいって」

いったい……いったい佐原家で何が起きてるんだ……恐ろし過ぎる。

## 【鶴】と佐原家

高校に入学して2か月が経ちました。

私にはまだ、お友達がいません。

ですから今日も一人、別棟の屋上へ続く階段でお弁当を食べています。

明日も明後日《あさって》も、もしかしたら高校を卒業するまで、こんな生活が続くのでしょうか。

私がこんな見た目になる前までは、私が話しかけずとも周りの人たちが自然と接してくれていました。でも容姿が醜くなった途端、周りの目は百八十度変わってしまったように感じます。

時には名前も知らない男の子から、廊下ですれ違っただけで舌打ちされたこともあります。

私は痛感したのです。自分には人間的な魅力がないのだと。


そんなある日、突然私のお昼スポットを占領する一人の男の子が現れました。

ネクタイの色から同学年ということはすぐにわかりました。見たことがない人でしたので、他クラスの男の子でしょう。遠巻きに様子を窺《うかが》っていると、とっても美味《おい》しそうにお弁当を食べています。

どうして私とあの男の子はこうも違うのでしょうか。私はきっと、一人でそんな幸せそうな顔でお弁当を食べていないと思います。

少し気になって声を掛けてみようかと思いましたが、きっと明日からはここに来ないでしょう。今日はたまたまお友達がお休みだったから、この場所を選んだのだろうと……。その日、私は別の場所を探して昼食を済ませました。

翌日にはやはりあの男の子は来ていません。少し早歩きをしたから、昨日より早く着いたというのは関係ないと思います。また今日から、いつもどおりの日常が続いていくことでしょう。ですが、その予想は全くのはずれでした。昨日の男の子は、またお昼スポットにやってきたのです。

男の子のほうから声を掛けてきたので、久しぶりに家族以外との対話が始まりました。いつぶりでしょうか。ちょっとだけ無愛想な喋《しゃべ》り方をしている自分に気づきつつも、自然と言葉が出てくるのです。

どうしてでしょう。とっても不思議です。

佐原《さはら》くんは出会ったときから、こんな醜い私にも普通に接してくれました。ちょっと変わってて、面白くて……とっても優しい男の子です。

その日を境に、佐原くんとお弁当を食べるのが日常に加わりました。

自然と笑顔が増えました。前よりもお弁当が美味しくなりました。

少しだけ……お昼が楽しみになりました。

佐原《さはら》くんは私に対しての扱いが、ほかの男の子とは違う気がします。だからなのかわかりませんが、自然体でいられるのです。

そしてあの日、佐原くんは私に言ってくれたのです。

〝俺は好きだよ？　武田《たけだ》さんの性格〟

佐原くんは何気なく言ったのだと思います。それでも、私にはとても嬉《うれ》しかったのです。今までもらったどんな好きよりも……佐原くんに言われたその一言は、私の心を軽くしてくれました。自分の存在が誰かに認められたのだと、実感できた瞬間でした。

とっても、ふわふわしました。

お昼に一緒にお弁当を食べるだけの関係。

そんな短い時の中で、佐原くんのことをもっと知りたいと思うようになりました。

そう思った矢先に、佐原くんのもとに学校一の美少女、立花《たちばな》さんが訪ねてきたのです。

話を聞くと、佐原くんが今まで食べていたお弁当は立花さんが作っていたのだそうです。

知りませんでした。なんで黙ってたんですか。

そのあと、少しだけ中学時代に私の身に起きたことを佐原くんに話しました。本当は誰にも言うつもりなんてなかったのに、気づいたら溜まっていたものを吐き出してました。同情してほしかったわけじゃないんです。ただ、話を聞いてほしかっただけです。こんなリアクションに困る話をして、佐原くんはなんて返すのか……言葉を待ちました。

〝自分のこと好き？〟

予想もしていなかった答えと考えたこともない質問に、内心戸惑ってしまいました。そこから佐原くんのお話を聞いて、私の中で目標ができました。

たくさんの好きを、増やしてみようと思います。

自分を好きに、なってみようと思います。

私はずっと、戻るきっかけが欲しかったのです。それが今なんじゃないかって、自然と思い立ったのです。

だから私は、ダイエットすることを佐原くんの前で宣言しました。佐原くんの前で口に出した以上は後戻りなんてできません。

すると佐原くんから、体操服を持ってうちに来てと言われました。

最初は意味がわかりませんでしたが、佐原くんのことです。

決して悪いことではないのだと思い、付いていきました。

そこから私の生活は一変してゆくのです――。

こんなよそ者の私にも、佐原《さはら》家の皆さんはとっても親切にしてくださいます。いつからだったでしょう。私が家にお邪魔すると皆さんは「いらっしゃい」ではなく「おかえり」と言うようになりました。私が帰るときは「さよなら」ではなく「いってらっしゃい」と言うのです。

まるでもう一つ、家族ができたような気分です。だから私もそれに合わせて挨拶《あいさつ》をします。

「千鶴《ちづる》お姉ちゃん、おかえり～」

「ただいま、美紀《みき》ちゃん」

中学2年生の美紀ちゃん。パッチリしたお目々が特徴のキュートな女の子。

私は一人っ子なので、こんなに可愛い妹さんがいたら毎日がとっても楽しいだろうといつも思います。

美紀ちゃんは右手にスプーンを構えながら何かを待っています。

「ねーねー、千鶴お姉ちゃん。今日の晩ご飯なぁに？」

「美紀ちゃんは何が食べたいですか？」

「私は千鶴お姉ちゃんの作ったご飯が食べたーい」

「美紀ちゃん、答えになってないですよ」

こんな具合にちょっと変わってるところは佐原くんにそっくりです。さすがは兄妹ですね。

美紀ちゃんが「うーん、うーん」と唸《うな》りながら何かを差し出してきました。

「いつも美味《おい》しいご飯を作ってくれる千鶴お姉ちゃんには特別に……このプリンをあげる」

「ありがとうございます。でもダイエット中なので大丈夫ですよ。あとこのプリン、『われのもの注意』ってシールが貼ってありますけど……」

「うん、それお兄ちゃんの～」

「……だと思いました。ちゃんと佐原くんが帰ってくるまで我慢してくださいね」

「は～い。ところで千鶴お姉ちゃん、ちょっと痩《や》せたね？」

「ほ、本当ですか!?」

「うん、顎《あご》周りがすっきりしてきてるよ。すごいね～」

そう言って美紀ちゃんは私の頭を撫《な》でてくるのです。少し恥ずかしい気持ちと、すごく嬉《うれ》しい気持ちが同時にやってきます。私は大きいほうの感情を言葉にすることにしました。

「……嬉しいです」

「この調子で頑張ってね～」

「はい！　ありがとうございます」

美紀《みき》ちゃんは鈍感な佐原《さはら》くんと違って細かい変化にも気づいてくれます。

こうして褒めてくれるのでますますやる気が湧《わ》いてきました。

引き続き、ダイエットを頑張りたいと思います。

◇

佐原くんのお母さんとは平日にあまり会うことはありませんが、土日にトレーニングでお邪魔すると料理を教えてほしいとお願いされます。

お母さんを初めて見たとき、美紀ちゃんのお母さんだってすぐにわかりました。きっと、大人になった美紀ちゃんはお母さんみたいな美人さんになるのでしょう。

お母さんに初めてお料理を食べてもらったとき、とっても喜んでくださいました。それ以来、私のことを師匠と呼ぶようになってしまったのです。あくまでも私のお料理は母の真似《まね》事なので、大したことはないと思っていたのですが……お母さんは凄腕《すごうで》だと絶賛してくれました。

ちゃんとお礼として貢献できる気がして、私はとても嬉《うれ》しく思います。

「千鶴《ちづる》師匠、お味はどうですか？」

「そうですね……もう少し塩加減があってもいいと思います」

「なるほど、難しいですね」

「好みの問題もありますからね。それでも元からお母さんの味付けはいいと思います」

「なに言ってるんですか師匠、その誤差が大きな違いとなって表れるんじゃないですか」

お母さんはいつも真剣です。

大丈夫ですよ。

子どものために頑張るお母さんならすぐに上手になると、昔母が言ってました。

「あ、そういえば師匠。脱衣所の棚にある入浴剤、凄《すご》くお肌がすべすべになるんですよ。よかったら使ってみてください」

「え、いいんですか？　佐原くんがあの入浴剤を使ったときに凄く怒られたから、絶対に使わないでと言われていたので……お母さんがとても大切にされているものかと思ってたのですが」

「師匠はいいんですよ。いいですか？　うちの男どもと師匠を同列に扱ってはいけないのですよ。水風呂で十分なくらいです」

「……冬は温かいお風呂にしてあげてください」

◇

佐原くんのお父さんはダイエットするにあたって全面的にサポートしてくださいます。

最初見たときはあまりの大きさにビックリしました。筋肉の付き方も凄《すご》いです。それでも顔は佐原《さはら》くん似で優しい雰囲気なので、自然と怖い感じがしません。

トレーニングが趣味で年中体作りに励んでいるそうです。その体を見ればどれだけ本気で取り組んでるのかが窺《うかが》えます。

そんな凄い体のお父さんですが、私のことを千鶴《ちづる》さまと呼ぶようになってしまいました。なぜでしょう。私には思い当たる節がありません。だってお父さんとお話しするのは、お料理に関することばかりですから。

……そういえばこの間、お父さんから依頼された『減量期と増量期での食事について、栄養学的観点から効率良く筋肉を維持、増強するにはどうしたらいいか』という自論を論文にしてまとめてほしいと依頼されました。

あの辺りから、お父さんが私に対する態度が変わったような気がします。

「千鶴さま、部屋はやっぱり南向きがいいかな？　なんだったら葉《よう》の部屋と交換でも」

「あの……なんのお話でしょうか？」

「なにって、千鶴さまの部屋。ちゃんとパソコン用意しておくのでそこで論文の執筆を」

「お……お父さん。そろそろお時間ですよ」

「む、そうか……じゃあ始めよう」

インターバルの僅《わず》かな時間、そんなことを言われてしまいました。論文なんてどうやって書けばいいのでしょうか。あとで国語の先生に訊《き》いてみようと思います。

スクワットはエクササイズの王様と呼ばれるほど、ダイエットには欠かせないトレーニングです。その分とっても辛《つら》いので、ときどき逃げ出したくなってしまいます。

バーベルを担《かつ》いで鏡に映る自分を見つめました。夏休みが終わるまで……どれくらい痩《や》せることができるでしょうか。いけませんね……今はトレーニングに集中しないとダメです。

お父さんは私の真後ろに立ち、潰《つぶ》れないように補助してくださいます。お父さんだって自分のトレーニングがしたいはずなのに……わざわざ私のために付き合っていただいて、本当にありがとうございます。

「千鶴さま、もう少し上体を反らして」

「ふにゅ」

「そう、いいね」

「ふにゅ」

「はいもう1回」

「ふ、ふにゅ」

「ラストもう1回」

「ふ、ふにゅ～」

「まだいけるねもう1回」

「ふにゅにゅにゅにゅ〜」

「はいオッケー、レスト5分ね〜」

お父さんはスパルタです。心が折れてしまいそうになったことも何度かあります。

でも、そのたびに自分を鼓舞するのです。

佐原《さはら》くんがお願い事を叶えてくれる——だから私は、今日も全力で頑張ります。

◇

トレーニングが終わると、お風呂に入らせていただきます。

毎回一番風呂をいただいてしまって、申し訳なく思ってしまいます。

お母さんいわく一番風呂は体に良くないらしいのですが、問題がないようにお湯の調整をしてくださってるそうです。

設定温度は40度。これが一番健康にいいらしいです。佐原くんは42度の熱《あつ》めが好きなので、湯温を上げてからお風呂を出ます。

それからお夕飯。今日は佐原家が一堂に会してのお食事になります。私がお風呂から上がるまで、皆さんはお料理に手をつけることなく待ってくださっていました。

「千鶴《ちづる》お姉ちゃ～ん。お腹《なか》がくっつきそー。このご飯を前に待つのは地獄だよー」

「すみません、遅くなってしまって……」

「美紀《みき》！　そういうこと言わないの。師匠、気にしないでくださいね？　さ、お掛けください」

「ありがとうございます」

「千鶴さま、ゴールデンタイムの終了まで残り3分だ。早くいただこう」

「はい、栄養補給は大切ですからね」

「武田《たけだ》さん、早くいただきますを」

「わかりました……では、いただきます」

「「いただきます！」」

今日も賑やかな食卓で、私は楽しくお夕飯を食べています。

自分が作ったお料理がこんなに美味《おい》しく感じるなんて、思ってもいませんでした。

〝誰かを想って作った料理には、どんな一流シェフでも勝つことはできない〟

そう母が言っていた意味が、なんとなくわかった気がします。

佐原くん――私はまた一つ、好きが増えました。佐原くんは私のお料理、好きですか？

またこれからも、好きを増やしていきますね。

そうしていつか……本当の好きを見つけてくれたなら――あなたに好きと、伝えます。

# 第六章　恋は奪い合い

皆さんこんにちは。

佐原葉《さはらよう》改め、産まれたての子鹿です。

一昨日《おととい》やったスクワットの影響が２日遅れでやってきました。訂正するなら昨日産まれるはずだった子鹿ですわ。

特にケツが痛い。

学校では椅子《いす》に座るときが特にきつかったが、なんとか痛みに耐えて帰宅した。

今は自室のベッドで休養中。暇だからテレビの音をＢＧＭに、スマホゲーをポチポチしてる。

プレイしてるのは花瓶《かびん》男。

その名のとおり花瓶にハマった男が杖《つえ》を使って崖を駆け上がり、ゴールを目指すというシュールなゲームだ。

これがまた難しい。

ふぅ、かなり上のほうまで来たぞ。ここまでだいぶ時間がかかったが、焦らず慎重に進めていこう。

『うふん、ヘビに乗っちゃダメよ』

なんだこのオネエみたいな看板。

付近にはヘビのウロコで作られた急な坂道がある。

ははーん、さてはそこに乗ると滑り落ちて序盤に戻されるとかいうやつだな。そんな見え見えな罠に引っかかるわけがないだろ。

無視無視。

そりゃ、とりゃ、そらぁ。あっ、ちょ、そっちダメだから、ちょっ。


「あぁぁぁぁぁぁぁぁぁぁぁぁ!!」


花瓶男は坂道をもの凄《すご》い勢いで下っていく。

どうやっても抗えないその事態に呆然《ぼうぜん》自失。

画面に映し出されるのはスタート地点の風景。

ぢ……ぢぐじょー!!

俺の1時間を返せ。なんだこのクソゲー、二度とやるか。

ガツッとホームボタンをタップした。

BGM代わりにしていたテレビ画面に目を向けると、夕方の料理コーナーがちょうど始まった。

食べることに興味はあるけど、作るほうはてんでダメだからこういう番組は普段観ない。

今はイライラを晴らすために番組に集中することにしよう。

『────澪《みお》さんにお越し頂きました』

『どうぞよろしくお願いします』

20代くらいの女性司会者と30代くらいの女性の先生が、キッチンに並べられた食材を前に会話を繰り広げる。

『今日はどんなお料理を作っていただけるのでしょうか』

『はい。今日は誰でも簡単にできる「辛《から》くないけど絶品麻婆茄子《マーボーなす》」をご紹介したいと思います』

へぇー、絶品麻婆茄子か。美味《うま》そう。

料理名に絶品って付けちゃうくらいだから、本当に絶品なんだろうな。

食べてみたい。

『あっ、いいですね～。辛《から》くないとお子さんも食べやすいですからね～』

『そうですね。私の娘は辛《から》いのが苦手なんですが、この麻婆茄子はとっても好きなんですよ』

『娘さんは今おいくつですか？』

『15歳の高校1年生です。でも困ったことに急にダイエットするなんて言い出しまして……』

まるで武田《たけだ》さんみたいだな。

それにしてもこの先生綺麗《きれい》だ。名前なんて言ったっけ。

『そうなんですか？　15歳なんて成長期だからそんな必要ないですよね』

『ほんとですよ。まぁ恋する年頃でもありますからね。もしかしたら身近に好きなひ——』


ブチッ——。

テレビが突然ブラックアウトした。ベッドの足元付近に置いてあるテーブルに人の気配。

リモコンの電源ボタンを押しながら腕をプルプルさせているのは、1階で料理中のはずだった武田さんだ。

少し顔が赤い気がするのは夕陽のせいか。

「すみません……ノックしたんですけど反応がなかったので部屋に入ってしまいました。ご飯ができましたので呼びに来たのですが」

「あ、ごめんね。今日の晩ご飯は何？」

「麻婆茄子です」

「お、やったぁ。絶品は付いてる？」

「……言ってる意味がわかりません」

2階からリビングに降りて、出来立てほやほやの麻婆茄子をパクッと一口。

絶品はちゃんと付いてた。辛《から》くないけどウマウマ。

特に美紀《みき》はその美味《うま》さに感激してた。まぁ毎度のことだけどね。

晩飯が終わるとすぐに風呂へ。疲れた体を癒やすリラックスタイム。

最近のスマホは防水が当たり前だから非常に便利だ。浴槽に浸かりながら動画を見たり漫画を読んだりしていると、ついつい長風呂してしまう。

今日はよーちゅーぶでも観るかな。どんな動画が急上昇してるんだろう。

ふむふむ『うるさいですね』って歌が人気なようだ。

——ピコン。

タップして再生しようとしたところ、メールの新着が1件。

以前の俺だったらメールが届くのなんてハマゾンくらいなもんだ。最近は何も注文していないから消去法であの人しかいない。

『葉《よう》くん、今日は体調悪かったんですか？　お体大丈夫ですか？』

立花《たちばな》さんに産まれたて子鹿スタイルを見られてたのか。席に着くときなんかあからさまにプルプルしてたしな。

わざわざ体を気遣ってくれるとか、立花さんの主成分はきっとバファ○ンの半分に違いない。

『大丈夫ですよ。ただの筋肉痛です。お気遣いありがとうございます』

『もしかして……武田《たけだ》さんとエッチな体操とかしたからじゃないですよね？』

この絡み何回目ですか。俺がアンガー○ズの田中さんだったらこう言ってるよ。

ヤ〜マ〜ネ〜、さぁーんかぁーいめ!!　というかエッチな体操って何。

『筋トレしただけですよ』

『本当ですか？　でも葉くんはお疲れのようなので、私が癒やしに行ってあげます。ということで明日、マッサージに伺《うかが》いますね』

なんですかそれ。ボーイさんでも引き連れてくるんですかね。またしても謎の行動に出始める立花さん。

その出張マッサージ代、おいくらですか？

――翌日には産まれたての子鹿は息を潜めたが、まだ筋肉痛が少し残ってる。痛気《いた》持ちいい感覚を味わいながら学校に到着した。

それにしても本当に立花さん、今日うちに来るのかな。まさかね……冗談だろう。

帰りにロッカーの荷物を取りに行くと、肩を落とした新《あらた》の姿が見えた。

大きなため息をつくと、ロッカーからデカい風呂敷に包まれた物体を取り出し、重そうに持ち帰っていく。

もしかして晩飯かな？　昼飯だけでは飽き足らず……羨《うらや》ましい。

◇

「なぁ妹よ」

「な、なんだね兄よ」

俺はリビングのソファで寛ぐ美紀《みき》に話しかけた。

晩飯前だってのに何かパクパク食ってる。

というかなんかデジャヴな気がする。

「折り入って頼みがあるんだが」

「プリン2個」

な……プリンを2個も要求してくるだと?

いくらなんでも足元見過ぎじゃないか。

だが仕方ない。これも必要経費だ。

「い、いいだろう」

「ふむ、話を聞こう」

「俺は昨日、間違って出張マッサージを頼んでしまったかもしれない。だが、玄関を開ける勇気がないんだ。もし……もしも本当に来たら俺の部屋に案内してくれないか?」

「よくわからないけど承《うけたまわ》った。ということで、冷蔵庫から2個目のプリンを取ってきてくれたまえ」

「おい、既に1個目食ってたんかい」

しかも今回は悪びれる様子もなく、さも当然のような態度を取りやがって。

なんだそのジト目は……あぁわかったぞ、美紀の言いたいことはこうだな。既に取引は成立していると。

まぁいいよ。今回はどの道あげることになってたんだ。

でも、次は、本当に、頭グリグリの刑だからね？

◇

心臓の音が聞こえる。それは緊張が心拍数を上昇させているサイン。俺のメンタルは異常をきたしてしまったようだ。

――あぁ、ダメだ。

自室のベッドなのに全然落ち着かない。いつ玄関のチャイムが鳴るかと思うと気が気じゃない。こうなったら外部の音を遮断するしかないか。

俺はヘッドホンを装着してよーちゅーぶから『うるさいですね』をリピート再生した。

落ち着くために目も閉じよう。

『うるさい、うるさい、うるさいですねー』

なんだか頭がぼーっとしてきた。筋肉痛も相まって急激に眠気が襲ってくる。

ぐるぐると、妄想なのか夢なのかわからない映像が頭の中で流れ始めた。

――もう何回うるさいって言われたかわからなくなったところで、俺のケツを誰かがバシバシと叩く。

イタイですね……俺にM属性はないから叩かれたって全然気持ちよくないぞ。マッサージするならもう少しソフトタッチでお願いしたいんだが。

つぶっていた目を開けると、目の前にいたのは美紀《みき》だった。

ふぁ……なんだ？　出張マッサージのお相手は実は美紀だったのか。それならそうと早めに言ってくれよ。

とりあえず俺のプリン返せ。

俺は装着していたヘッドホンを外した。


「チェンジで」

「何寝ぼけてるのお兄ちゃん！　あれはヤバいよ！　いったいいくら絞り取られるかわかった

もんじゃないよ！　お兄ちゃん破産してもお金貸してあげないからね!?」

「あの……入ってもいい？」

少しだけ開きかけた扉から顔を覗《のぞ》かせたのは皆まで言わずとも知れた御方、立花《たちばな》さんだ。

あれ？　そういえば俺……立花さんに家の場所教えてたっけ？

いや、そんなことは今どうでもよくて……本当に来ちゃったよ。その姿を見た途端、さっきまでの夢見心地から一転して、現実とは何かを哲学的に考えようとする。

——ちょっと待てよ。これはもしかして妄想、いや、夢の続きなのではないか？

今言えることは、現実でも妄想でも夢でも、どれを取っても悪い気はしないということ。

俺はこの現象を受け入れる態勢に入った。

「あ……あ、どうぞ」

「お兄ちゃん!?」

「美紀、俺は覚悟を決めたよ」

「お兄ちゃん……わかったよ」

美紀は戦場に兵士を送り届けるかのような瞳を向けたあと、俺の部屋から出ていった。

瞬時に通帳の金額を思い出す。ダメだぁ……破産する。

とりあえず金額の確認だけはしておかねば。

「30分おいくらですか？」

「ふふ、お金なんて取らないよ」

タダ……だと？　立花《たちばな》さん、世の中にはこういう言葉があるんですよ。タダより高いものはないって。

というか俺はまたしてもとんでもないことを忘れているんじゃないだろうか。正常な判断ができないから、それがなんなのかすらもわからなくなっている。

「ほんとにタダ？　あとでボーイさんが出てきてあり金を巻き上げられるとかない？」

「大丈夫だよ。私は葉《よう》くん専属のセラピストだもん」

「雇用契約結んでないんですけど」

「じゃあ今結んだ～」

勝手に契約が成立してしまった。

俺は困惑しつつも立花さんの指示でベッドに仰向《あおむ》けになる。枕をベッドの中央に置いて、膝《ひざ》下をベッドの外に投げ出すような形だ。

そこに立花さんが頭側のほうからベッドに上がり込む。マットレスが沈み込み、ふわっと甘い香りが鼻孔《びこう》をくすぐった。

ヤバい、何これ。まだ何もされてないのに昇天しそう。緊張とアングルのせいでどうにかなりそうだから目は閉じてしまおう。

「それじゃあ始めるね。寝ちゃってもいいから」

「は、はい……お願いします」

立花さんは俺の頭皮を優しくマッサージしてきた。

ほわ、な、な……チョー、チョー気持ちいい……。

立花さんのしなやかな指が動くたび、気持ち良すぎて全身の力が抜けてゆく。

巷《ちまた》ではドライヘッドスパで有名な猪八戒《ちょはっかい》のきもちとかいう名店があるらしい。もしかしてその美しい姿は仮初《かりそめ》で、あなたはそこから来たブタさんスタッフですかね。

いや、むしろ気持ち良すぎて俺がブタになりそう……。

あぁ……眠くなってきた……もう意識が……。

むにゅ。

あぁ、気持ちいい……。

むにゅ。

頭に柔らかいものが……。

むにゅ。

ん、ちょっと待て、むにゅ？　むにゅってなんだ、この感触。

あの……これってもしかしてあれ？

歯医者に行くと当たるやつ。男なら全神経をそこに集中しちゃうやつ。

まずいまずいまずい、もう寝るとかそんな話じゃなくなってくる。

何とは言わないけど起きちゃうんですが。

言ったほうがいいんですかね、当たってますよって。Ｆが。

お、落ち着け俺。

これはおなかだ。本当にあれが頭に当たるのはヘタクソな新人だけだって聞いたことがあるぞ。ほとんどは腹の肉だって。


腹、腹、腹、腹、腹。

むにゅ。

は、腹、腹、腹、腹。

むにゅにゅ。

は、腹、はら、はら。

むにゅにゅにゅにゅ。


は、はら、は、は、はら、は……はらぁぁぁぁぁぁぁ!!

——俺はしばらく自分の精神と格闘していた。

な、なんとか耐えきった。

俺の息子は手強《てごわ》かった。

「じゃあ次はうつ伏せになってね」

今度は枕を通常の位置に戻してうつ伏せになった。そこに立花《たちばな》さんが俺を跨《また》いでベッドに上がり込む。

肩から背中にかけてマッサージが始まった。

痛《いた》気持ちいいくらいのほどよい力加減、そしてしなやかな指先からの絶妙な指圧。緊張していた筋肉がほぐれてゆく。

これまた……気持ちいい……。


あぁ、ダメだ……意識が飛びそう……。


マッサージは臀《でん》部《ぶ》から太ももへと移行。

そこからはもう記憶にない。

気づいたときには抗えない男の生理現象が起きていた。

あぁ……うつ伏せでよかった。

ノックの音が聞こえると立花さんが俺の代わりに返事をした。

美紀《みき》が様子でも見に来たか？

「佐原《さはら》くん、ご飯ができたのですが……な、何やってるんですか⁉　どうして立花さんがここにいるんですか⁉」

「あの、それはこっちのセリフなんだけどな……ご飯ができたってどういうことかな？」

ヤバイ、どうしよう……刀が邪魔で起き上がれない。とりあえず俺は寝たフリを続行することにした。

今はうつ伏せだからなんとかごまかせているが、このままだとバレるのは時間の問題かもしれない。

まるで授業中に居眠りしてしまった男子が、授業終了のチャイムで起立しなければならなかったときの心情のよう。

早急に打開策を考えねば。

俺が再び自分と格闘していると、その間に立花さんと武田《たけだ》さんが熱気のこもった会話を繰り広げる。

「私は佐原くんのおうちにお邪魔してトレーニングルームを使わせてもらっています。そのお礼にお夕飯を作っているだけです。そんなことよりも、立花《たちばな》さんはここで何を？」

「私は葉《よう》くんがお疲れみたいだからマッサージしてあげてただけだよ」

「それってお礼でもなんでもないですよね？　どうして立花さんがそこまでする必要があるんですか？」

「武田《たけだ》さんにそれを言う必要あるかな？」

「……そうですか。ではあとは私がやりますので、立花さんはお帰りください」

「ふーん……やっぱりそういうことなんだね。でも大丈夫だよ。お礼だけの武田さんとは違うから」

な、なんだこのピリついた空気。この状況で本当に寝られるやつがいたらお目にかかってみたいよ。

「ど……どうしてなんですか？　立花さんだったらほかにいくらでも選べるじゃないですか！　どうして……」

「じゃあ訊《き》くけど……武田さんがもし私だったら譲ってくれるのかな？」

「そ、そんなの……」

何やら言い争いになってるんだが。

話の内容が全く見えない。

どうしてこんなことになってるんだ。

とにかくこの状況をなんとかしなくては。

えーい、こうなったら勢いで行くしかない。

俺はベッドから勢いよく立ち上がった。

「ぐわぁ～！　腹減ったー！　飯だ飯!!　はい、立花さんもご一緒に！　ほらほら、振り向かずに行った行ったぁ！」

武田さんに刀を見られないように立花さんの背中でガードしつつ、二人を追い出すようにして強引に部屋を出た。その後は即行でトイレに駆け込んでなんとか納刀に成功する。

ふぅ、全く困ったもんだよ。


リビングのテーブルに行くと、美紀《みき》が座る席の向かい側に立花さんが腰掛けていた。

武田さんはいつもならトレーニングに行くのに、なぜか俺が座る席の向かい側——立花さんの隣でコーヒーを飲んでいた。ちなみに武田さんはトレーニング後に晩飯を食べることが多い。あと父さんと母さんは帰りが遅くなるって連絡が来てた。

「あれ、武田さんはトレーニング行かなくていいの？」

「立花さんが帰ったら行きます」

「私に遠慮しなくてもいいよ？　別にそっちは邪魔する気ないから。ダイエットについては応援してるよ」

「ダイエットじゃないほうも応援していただけませんか？」

「それはできない相談かな」

な、なんだ……二人の間にバチバチと火花が見える気がする。いったい二人を駆り立てているものはなんだ。

そんな様子を見ていた美紀《みき》が会話に割り込んだ。

「立花《たちばな》さん、千鶴《ちづる》お姉ちゃんは私のお嫁さんだからあんまりいじめないでね？」

「……え？」

妹よ、会話を余計にややこしくしないでもらえるかな。さすがの立花さんも疑問符が浮かんでいるよ。

とにかく早く晩飯の開戦を知らせねば。

「とりあえずご飯食べよ。はい、いただきまーす」

今日のメインは豚のしょうが焼きだ。

シンプルな料理だが、焼き加減とタレの絡ませ方で食感も味も全く変わってくる料理だ。

うわぁ、とろっとろ。う、うまぁ……ご飯がめっちゃススム。はぁ……幸せ。

「む……美味《おい》しい……で、でもまだ勝負はこれからだから」

立花さんがボソッと呟《つぶや》いた。もしかして俺の知らないところで料理対決でもしてたのかな。

結局俺はご飯を3杯もおかわりしてしまった。本当にブタにならないようにあとで筋トレし

とこ。

食事が終わったところで美紀《みき》が立花《たちばな》さんに疑問を投げかけた。

「ねーねー、立花さん。立花さんみたいなべっぴんさんがなんで突然うちに来たの？　おうち間違えちゃったとか？」

「……美紀ちゃん、ちょっと廊下でお話いいかな？」

「え、うん、いいよ」

立花さんは美紀を連れてリビングを出ていった。

美紀に話ってなんだろ。気になる。

「佐原《さはら》くん、私はそろそろトレーニングルームに行きますね」

「あれ、立花さんまだ帰ってないけどいいの？」

「はい、一刻も早くトレーニングしたくなったので」

なんですか武田《たけだ》さん、急に父さんみたいなこと言い出して。

ふんすふんすと鼻息が聞こえてきそうな顔でトレーニングルームへ向かっていった。

その数十秒後――。

「ええ～～～!?」

美紀のけたたましい声が廊下から漏れ聞こえてくる。いったい何事か。

それからしばらくして二人がリビングに戻ってきた。

美紀は俺の顔を見るなり呆《あき》れた表情を見せてくる。

「これはお兄ちゃんが悪いね。全部お兄ちゃんのせい。あいりお姉ちゃん、これはどうしようもないから諦めたほうがいいよ」

「ありがとう、美紀ちゃん。でもいいの。私そろそろ帰るね。ご馳走《ちそう》様でした」

なんか知らないけど全ての元凶が俺になってるんだが。

俺、何かしたか？　状況を把握する前に、立花さんはそそくさと帰り支度を済ませてリビングを出て行ってしまった。

俺はその後を追い、玄関で靴を履く立花さんに後ろから声をかけた。

チキって出迎えはできなかったけど、見送りくらいはしてあげないとな。それに日暮れ時が近いから心配だ。

「送っていこうか？」

「ううん、まだ明るいから大丈夫だよ。それじゃあ葉《よう》くん、またね」

「うん、またね」

俺は手を振って立花さんを見送り、夢のような出張マッサージの営業が終わった。

それにしても体が軽くなった気がする。立花《たちばな》さんのマッサージ気持ちいいし、またやってくれないかな。

さて、風呂にでも入るか。

トレーニングルームの前を通ろうとしたとき、気合いの入った声が聞こえてきた。

「絶対に痩《や》せます！　ふにゅ！」

その後もうめき声が漏れてくる。今日はいつにも増してふにゅが多い。

なんでそんなに必死なのかわからないけど……武田《たけだ》さん、頑張れ。

◇

そっと、湯船に浸かる至福のとき。

「ふう……」

設定温度は42度。ちょうどいい湯加減。

やっと落ち着ける。

昨日は立花さんが来るのか否か問題でモヤモヤした状態で布団に入り、寝たのか寝てないのかわからない夜を過ごし、今日は自室でずっとドキドキしてたからな。

今夜はぐっすり眠れそう。

冷静に物事を考えられる状況になり、ようやく忘れていた重大な事実を思い出す。

立花さんがうちに来ることばっかり気を取られてたけど、一応新《あらた》の彼女なんだよな。

立花さんの彼氏持ちを感じさせない自然過ぎる接し方も相まって、すっかりそのことが抜け落ちてた。

これってヤバいのかな。……やっぱまずいよな。

人の彼女を家に上げてマッサージしてもらっちゃったよ。

これがいわゆる間男ってやつか？

ついに俺も間男デビューか……いや、確かに事故で抜刀はしてしまったが、まだエッチな体操とかは全くしていない。

出張マッサージだって、セラピストとか立派な職業の人に施術してもらったのと同等と思えば何もやらしいことはない。

だから……その……まだ未遂ってことで、なんとか勘弁してもらえませんかね？

事後報告になってしまうが、新には言っといたほうがいいだろう。

防水スマホを操作して受話器のマークをタップする。

えーっと、ハゲハゲっと……名前をタップして新《あらた》が出るのを待った。

プルプルとコール音が耳に入ってくる間、ちょっとだけ自分が緊張したのがわかった。

友達に電話するだけなのにこんな心情になるとは……やはり後ろめたい気持ちの表れということか。

というか、新はまだ友達ってことでいいのか？　最近は関わる機会が減って、あいまいな関係になってしまったけど……。

『もしもじ……』

スマホ越しに苦しそうな声音《こわね》が聞こえてくる。風呂場で電話なんて初めてだったから、そんな風に感じるだけだろうか。

「よう新、なんか話すの久しぶりだね」

『うぷっ、お前に構ってる暇ないからさっさと用件だけ言え』

「つれないやつだなぁ。新さ、立花《たちばな》さんと付き合ってるでしょ？」

『あ？　なんの……あぁそうだな。そういうことだったな。付き合ってるがそれがなんだ？』

「すまん新……実はさ……立花さんが俺の家に来てマッサージしてもらったんだけど……ちょっとだけFカップが当たっちゃったんだよ。許してくれる？」

つい興奮してしまったことは言わなくてもいいだろう。

自力で納めたんだし。

『はぁ？　何わけわかんねーこと言ってんだよ』

「いや、俺はありのままを言っただけなんだが」

『……あー、そういうことかよ。ははは、お前かわいそうなやつだな。デブ専になったと思ったら今度は妄想かよ。はいはい、許してやるよ』

「妄想じゃないんだが……許してくれるの？」

『だから許してやるって。しつけーな、もう切るぞ？』

なんかあっさりしてるな。さすがモテ男だけあって余裕がある。

この際だからもう一つ報告しておこうかな。

「あ、ちょっと待って。あとこの間、立花さんと手を繋《つな》いでお散歩デートしました」

『はいはい、よかったでちゅねー。許ちまちゅ。はい、もういいか？』

なんだかからかわれてる気がするが、この際どうだっていい。俺はちゃんとありのままを言ってるだけだし。

謝罪のための電話だったけど、ちょうどいい機会だからさらにもう一つ伝えておこう。

俺の意思はともかく、今日みたいなことがもしかしたら今後もあるかもしれない。新からは決定的な確約が欲しいところ。

それに美紀《みき》は言っていた——恋愛は奪い合いだと。

だから受け身だけではダメなんだ。勝つにはこちらも攻撃に転じなくてはならない。

「最後、最後にこれだけ。仮に……仮に俺が立花《たちばな》さんと親密な関係になっても、いいか？」

これは言い換えれば宣戦布告のようなものだ。

たとえ新《あらた》と友達としての関係が崩れても……やっぱり立花さんのことは諦めきれない。

俺からの挑戦を聞いた新はほんの数秒無言になり、大きなため息をついた。

『お前なぁ……ハゲになる覚悟はあるか？』

「ハゲ？　いや、絶対嫌だけど」

『はは、だろうな。じゃあお前には立花と親密になるなんて無理無理。どうぞやりたいことをお好きなようにしてくださいな。んじゃ』

間を置かずブチッと通話が切れた。相変わらずムカつく切り方しやがる。

ハゲになることと立花さんと親密になることにどう関わりがあるのかわからないが、新の言いたいことは要約するとこうだろう。

『このイケメンの俺様からお前ごときが奪えるはずがない。寝言は寝て言え』

立花さんが俺になびくなんて微塵《みじん》も思ってないんだろう。俺がいくら立花さんと交流関係を持っても、恋人関係に揺るぎはないという自信の表れだ。

あくまでも立花さんは友達として接してきてくれているだけだが、これで新の彼女だということに今後負い目を感じなくて済む。

それでも俺に至っては今日やそこらで、ずっと話しかけられなかった恋愛チキン体質が急に向上するもんでもないんだけどね。

立花さんとの関係もしばらくは今までどおりだろう。

◇

風呂から上がると父さんが帰ってきてた。リビングで何やらやってる。

珍しいな、書斎でもないのに書類とにらめっこしてるなんて。

「父さん、おかえり」

「ああ、ただいま」

「何してんの？」

「おい、それ以上こっちに来るな。千鶴《ちづる》さまの体組成計の結果を確認してるんだから」

めっちゃ睨《にら》まれたんだが。

確かに乙女《おとめ》の数値を覗《のぞ》くのは良くないが、息子に向ける目じゃなかったぞ今の。

「なんか問題でもあったの？」

「あぁ……思ったよりも体重の減りが早いのがな」

どうやら武田《たけだ》さんのダイエットは順調のようだ。だがそれのどこに問題があるのか不明なんだが。

「いいことじゃないの？」

「そうすると早めに来るんだよ、停滞期が」

「へぇ、そういうもんなんだ」

俺はダイエットなんてしたことないから全く知識がない。その辺父さんは体づくりのために減量も定期的にやってるから、数値から読み取れるものがあるようだ。

「今度の土曜日に千鶴《ちづる》さまを連れてバーベキューするぞ」

「え、ダイエット中にそんなことしていいの？　いや、ま、まさか……俺たち家族が肉を頬《ほお》張《ば》ってるところを指を咥《くわ》えて見させて、痩《や》せさせる作戦とか……。父さん、それはあまりにも非道過ぎないか」

「そんなわけないだろう。チートデイだよチートデイ」

「チートデイ？　何それ」

「摂取カロリーを制限した食事を続けると、省電力モードに入って体重が落ちにくくなるんだよ。それに対して1日だけオーバーカロリーの食事をすることで、エネルギーの節約は必要ないと脳を騙《だま》し、また体重が落ちる体質に戻してやるんだ。あとは長くダイエットを続けてるとストレスもたまってくるだろうからな。それの解消の意味もある」

人体の構造とは不思議なものだ。危機的状況になると身を守る術が自動的に発動するようになってるとは。だけどその便利機能がダイエットには弊害《へいがい》になるらしい。

武田さんはここ最近気合いが入ってるしな。一時的なご褒美《ほうび》タイムでもあるわけだ。

すると、ソファで俺たちの会話を聞いていた美紀《みき》が、顎《あご》を背もたれに乗せた体勢で話しかけてくる。

「ねーねー、バーベキューやるならあいりお姉ちゃん連れてきて?」

もしかして美紀はあの短時間で立花《たちばな》さんに懐柔《かいじゅう》でもされたんだろうか。

妹よ、いったい何が目的だ。

「この間会ったばっかなのに、いつの間に仲良くなったんだよ」

「絶対にあいりお姉ちゃんがいたほうが面白いよ?」

「そうだけどさぁ……誘うのも大変なんだぞ?」

というか美紀に立花さんのことを詳しく話してなかったな。まぁいいか、ヘタに口を滑らせられると厄介《やっかい》だし。

「お兄ちゃん、何事も経験だよ。将来好きな子をデートに誘うときの予行演習だと思ってさ」

「……わかった。失敗したら骨は拾ってよ?」

「失敗かぁ～……失敗ね～。うん、わかった～」

なんだか煮え切らない返事。本当に骨を拾ってくれるんだろうな。

こうして恋愛クエストが幕を開けた。

◇

翌日、学校に到着して席についた俺は、華やかな女子たちの様子を窺《うかが》っていた。

今日の俺は少し憂鬱《ゆううつ》が混じっている。理由は美紀《みき》から課されたミッションをこなさなければならないからだ。

お散歩にしてもマッサージにしても、今までは立花《たちばな》さんからの誘いで俺からアクションを起こすことは一度もなかった。

厳密に言えば今回も妹からの頼みではあるが、そこら辺は大目に見てほしい。

立花さんは友達と楽しそうに会話をしている。邪魔しちゃ悪いかな？　だがこの機会を逃したらもうずっと声を掛けられない気がする。

くそ、どのタイミングで話しかけりゃいいんだ。や、やっぱメールにするか？　何も自分からハードモードで挑む必要はないだろう。

いや……でもせっかく新《あら》たからアプローチの許可をもらったのに、その手を活《い》かさないのは男としてどうかと思う。今更チキンが何言ってんだって思うかもしれないけどさ。

新がまだ登校してきてない今が最大のチャンスなのに。

刻一刻とタイムリミットが迫ってきて焦りが顔に滲《にじ》み出る。

「何ソワソワしてるの？」

「よ、陽介《ようすけ》ぇ……ヘルプミー」

「なになに、話を聞いてやるよ」

そんなところに現れるのは頼りになる友人だ。もう陽介様にお助け願うしかない。

「俺はある事情で立花さんをビービーキューに誘わなきゃいけないんだ。だけど……あの女子たち三人が談笑している中に飛び込むタイミングがわからない」

「いつでもいいんじゃない？」

「めっちゃ簡単に言うじゃないの。それができたら苦労してないって」

「そしたら葉《よう》、今度の日曜日にプールでも行く？　ちょうど部活休みなんだよ」

「お、いいね」

もう7月で夏真っ盛りだし、気持ちよく入れそうだな。めっちゃ楽しみ――。

「って、今はそれどころじゃないんだけど」

俺の話など知らんとばかりに全く別の話題を振ってきたよ。もしかして陽介も新のように俺を見放すのか？

そんなのってあんまりだ。

「んじゃ決まりな」

そう言うと陽介《ようすけ》は立花《たちばな》さんがいる女子グループに突撃しに行った。

いったい何をする気なんだ。

「ふふっ、それでね――」

「お話し中悪いね。ちょっといい？」

「何かな？　笹嶋《ささじま》くん」

「今度の日曜日、サッカー部のメンバーとクラスの男子何人か誘ってプールに行くんだけどさ、よかったらみんなも一緒に行かない？」

陽介はさらっと、女子たちにとんでもない提案をした。女子からしたらクラスの男子と一緒にプールに行くのはかなりハードルが高い。これは断られてもおかしくないだろう。

真っ先に反応したのは藤沢桃花《ふじさわとうか》さん。

少しギャルっぽい見た目だが、接しやすい性格から密《ひそ》かに男子人気が高いらしい。

「えー、どうしよっかなー。あいとゆずは？」

次に大澤柚李《おおさわゆずり》さん。

立花さんがいなければこのクラスでナンバーワンであっただろうルックスの持ち主。キリッとした目元に凛《りん》とした気品あふれるクールビューティー。どちらかというと立花さんとは系統が真逆の方向かもしれない。

サバサバした性格が特徴で嫌味がなく、男女ともに交友関係が広い。

「あたしは行ってもいいよ。あいりは？」

そして大本命の立花さん。

「んー、クラスの男の子は誰が来るの？」

「今んとこは佐原《さはら》だけだよ。あとは進藤《しんどう》あたり誘おうかと思ってるんだけど」

「行くっ！」

「あいとゆずが行くならうちもいいよ」

さ、さすが陽介。コミュ力たけぇ。一瞬にして女子三人をプールに誘いやがった。

嫌らしさが微塵《みじん》もない素振りもいい。

立花さんも新《あらた》の名前が出たから食い気味に即答したよ。

新がいるのは正直気まずいけど、立花さんとプールに行けるのは最高すぎる。もう陽介に頭が上がらなくなりそう。

俺が陽介に感心と信仰を捧げていると、何やら陽介が手招きして俺を呼んでいる。

まさか……さっきまでの行動は全部、俺が話しかけるための作戦だったのか？

唐突過ぎて心の準備がまだできてないよ。

だが陽介は俺にチャンスをつくるためにやってくれたんだ。少しでも陽介を疑った自分を殴りたい。

く、こうなったら勢いで行くしかないか。俺は立花さんに近づき、なけなしの勇気を振りしぼりながら声を出した。


「た、立花《たちばな》しゃん」

噛《か》んだ。めっちゃ恥ずかしい。死にたい。

「ぷふっ、噛んだウケる」

大澤《おおさわ》さん、笑わないでもらえます？

既に瀕死なので。さっき嫌味がないって思ったの撤回しちゃうよ？

俺はんんっと咳《せき》払いしたあと本題を切り出した。

「明後日《あさって》うちでバーベキューやるんだけどさ。妹が立花さんに会いたいって言ってるんだよ。よかったらどうかな？」

よし、言ってやった。言ってやったぞ。恋愛スキルがレベル2に上がった効果音が脳内で聞こえた気がする。ここまで来たらもう断られても仕方ない。はいかいいえか、イエスかノーか。

はたして立花さんの返答はいかに――。

しかし、立花さんから告げられたのは俺が想定したどの答えでもなかった。

「会いたいのは美紀《みき》ちゃんだけ？」

「へ？　うーん……立花さんはまだ母さんと父さんとは面識ないからなぁ」

「そういうことじゃなくてね？　葉《よう》くんは、どうなのかなーって」

「お、俺？　俺は……」

なんだこれ、ドキドキする。

ただバーベキューに誘ってるだけなのに、告白みたいになってるんだが。

自分でもわかるほどにドギマギしていたが、答える内容自体は決まってる。セリフをどうにかこねくり回し、俺は絞《しぼ》り出すように言葉を紡《つむ》いだ。

「立花さんに……来て欲しい……です」

「うん、なら行くねっ」

跳ねるような元気な声、可愛さ溢《あふ》れる満面の笑みが俺だけに向けられた。

ぐふっ、なんだその笑顔。可愛過ぎる。めっちゃキュンってした。乙女《おとめ》か俺。

「あー、よーちん顔が赤くなってる〜！　か〜わい〜」

「あ、赤くなってないわ！　というか藤沢《ふじさわ》さんからいつの間にそんなあだ名つけられてたの⁉」

「ひゅー、青春してるね〜」

「大澤さんはあんまからかうのやめてね。さっき笑われたダメージがまだ残ってるんだから」

全くスマートではなかったが、おちょくられながらも陽介《ようすけ》のヘルプもあり、なんとか立花さんをバーベキューに誘うことに成功した。

ミッションコンプリート。

# 第七章　バーベキューは修羅場

今日はお楽しみのバーベキューの日。

家の庭でもできないことはないが、武田《たけだ》さんをリラックスさせることを考えて河原《かわら》で行われることになった。

移動はミニバンで運転席と助手席は父さんと母さん。そこまではいい。

問題は2列目と3列目のどこに誰が乗るかだ。

今日は武田さんと立花《たちばな》さんがいるからどうしよう……。

少し迷ったが、何かと乗り降りしづらいし酔いやすいから、3列目には俺が真っ先に乗り込んだ。あとは流れに任せることにしよう。

さて、どうなるか……。


「それじゃあ私は葉《よう》くんの隣で」

立花さんは2列目の背もたれに左手を掛けて車に乗り込もうとした。するとすぐに武田さんが立花さんの右肩をガシッと掴《つか》む。

「ちょ、ちょっと待ってください。3列目は乗り降りしづらいので私が乗りますね」

「ありがとう武田さん。でも大丈夫だよ」

「……いえ、実は私……3列目じゃないと酔ってしまう体質なんですよね」

「私もそれなんだー」

「ず、ずるいです！」

そ、そんなに二人とも3列目に乗りたかったのかよ。というか3列目じゃないと酔う体質とか聞いたことないぞ。

様子見のつもりが悪手を打ってしまったようだ。二人が言い争ってる間にしれっと美紀《みき》が俺の隣に座った。

「ほらほらお姉ちゃんたち。早く乗って」

「もう、美紀ちゃんったら」

「美紀ちゃんならいいです……」

二人は諦めたのかおとなしく2列目に座った。

もしここで俺が3列目を譲るとか言ったらどうなるんだろう。いや、やめとこ。なんか悪い予感しかしないから。

はぁ、それにしても……。

「ふぁ～～あ……」

「お兄ちゃんおねむ？」

「うん、昨日夜更かしし過ぎた」

「まだ時間かかるし寝てたら？」

「うん、そうする～……」

車内には母さんの好きなバラードの音楽が程よい音量で流れてる。そのリラックス効果も相まって、徐々に眠りの世界へと誘《いざな》われた……。


「────ん、かわいい……」

「──気持ち────てますね」


──気がついたら美紀《みき》の膝《ひざ》を枕に眠りについていたようだ。

あっ、やばい。よだれ垂れてる感覚がする。

起き上がるときにバレないようにこっそりぬぐっとこ。

「お兄ちゃん、よだれきたな～い」

ありやりや、バレテーラ。

ふと、寝ぼけ眼《まなこ》で見上げると……二人がシートに両手を添えながら、じっと俺の顔を覗《のぞ》いていた。

何やってるのかな……とりあえずそのポーズ、可愛いから目に焼き付けとこ。

◇

バーベキュー会場から近い駐車場に到着し、車から降りた俺たちは山の中を進んでいく。

しばらく歩いたところで川が見え、少し開けた場所に辿《たど》り着いた。

天気は晴天、澄んだ色にゆるやかな川の流れ。歩くたびにジャリジャリと耳に入る音が妙に心地いい。

川の両端に連なる深緑の木々は、空気だけでなく視覚も浄化してくれているような感じがして、目も肺もクリアになった気がする。

父さんはどこでテントを広げるか、河原《かわら》の砂利《じゃり》道を歩きながら探している。俺たちもその背中を追うように歩を進めた。

結構早めに来たつもりだけど、既に3組ほどバーベキューをやっている家族らしき人たちが、ワイワイと楽しそうに休日のひとときを楽しんでいた。

荷物はほとんど父さんが担《かつ》いでいるから楽チンだ。むしろ筋トレになるから持ちたいと言い出して、これでもかと背負っている。

さすが馬鹿力。バーベルスクワット250キロ越えは伊達《だて》じゃない。

立花《たちばな》さんと武田《たけだ》さんは俺の後ろで並びながら歩いてる。

振り返って二人の足元を確認した。ちゃんとスニーカーを履いてきているから大丈夫だと思うけど、一応忠告しとこう。せっかくのバーベキューで万が一があってはならないからな。

「二人とも、足元の砂利に気をつけてね。ところどころへこんでるから」

「お気遣いありがとうございます」

「ありがとう。もし転んだら葉《よう》くんにおんぶしてもらおっかな～」

「立花さんが転んだらお父さんがおんぶしてくれるので大丈夫ですよ。そのあとに私が転んだら佐原《さはら》くんにおんぶしてもらいますので」

「そしたら先に転んでみる？」

「ご冗談を」


「「ふふふふふ」」


く……空気が淀《よど》んでいく……。

おい、そこの木。もう少し頑張って光合成してくれ。悪しき空気を浄化するのだ。

「この辺でいいだろう」

父さんが背負っていた荷物を降ろすと場所が決まった。

テントと火おこしは俺と父さんで。テーブルとかの軽いもの、食材や調理の準備は女の子たちで分担して行い、あっという間にバーベキューの準備が整った。

食材の下準備はほとんど昨日の夜に母さんが終わらせたみたい。といっても武田《たけだ》さんの指示だったらしいけど。

とりあえず乾杯だ。肉と言ったらやっぱりこれだよね。ダイエットポプシ。

周りからもカシュッと、一斉にプルタブを開ける音が聞こえた。

美紀《みき》はオレンジジュース、立花《たちばな》さんと武田さんはお茶だ。

父さんは黒烏龍茶《ウーロンちゃ》。

車の運転とか関係なく、筋肉に悪いからとかいう理由で普段からお酒は飲まない。

そして母さんはというと……ちょ、母さんが銀色のやつ持ってるんだが……嫌な予感しかしない。

止めたほうがいいのか？

だが今日はせっかくの休日。俺たちのためにいつも仕事を頑張っている母さんの楽しみを奪う権利は俺にはない。

何かあったら父さんもいるし……俺は目をつぶることにした。

飲み物が行き届いたことを確認した父さんが乾杯の音頭を取る。

「それじゃあ、バーベキューを始めます。千鶴《ちづる》さまはチートデイだから遠慮しないでガンガン食べるように。カンパーイ！」

「「カンパーイ！」」

食材は肉、海鮮、野菜はもちろんのこと、焼きそばやチーズ、マシュマロまで定番は一通り揃《そろ》っている。

かなりの量だから食べきれないだろうが、余り物は我が家の冷凍庫行きになる予定だ。その後は武田さんが美味《おい》しく調理してくれるから全く問題ない。

今日はコンロが二つある。

二人お客さんが来るから小さめのコンロを新しく買ったらしく、そっちは父さんと母さんで仲良く使っている。

家族でいつも使ってた大きめのコンロは俺たち子ども四人で囲んだ。

子どもは子ども同士でって感じか。まぁすぐ隣にいるからあんま関係ないんだけどね。

早々に立花さんはトングを持ち出すと、カチカチと2回だけ音を奏でた。

「葉《よう》くんは何から食べたい？」

「う～ん、やっぱ焼き肉の定番と言ったらカルビだよね」

「美味しいよね～。焼いてあげよっか？」

「ありがとう。でも大丈夫だよ。気を遣わないように、今日は全員セルフ形式で」

「……残念、あーんしようかと思ったのに」

「あーん？」

「なんでもなーい。とりあえずこれだけ載せてあげるね」

立花《たちばな》さんは俺の分のカルビを網の上に載せてくれた。

漬けダレの染み込んだ肉は、もう焼ける前から美味《うま》そう。

ジューッと肉が焼ける音とともに、肉とタレの香りが食欲をそそる。

んーっ、たまらん。最初は何も付けずにいただこう。

美紀《みき》も俺と同じタイミングで焼き上がり、同時に口へと運んだ。

やわらかぁ。噛《か》むたびに肉汁がジュワジュワと溢《あふ》れ出た。口の中で旨味《うまみ》のパラダイスが広がってゆく。

「うまぁーい！　最高！」

「美味《おい》しーー！」

俺と同時に美紀も感激の叫びを響かせる。これが焼肉店の店内だったら店員さんに注意されるところだが、今日この場所でそんなことを咎《とが》める人は誰もいない。

外で食う焼き肉ってなんでこうも美味いんだろ。そしてこのあとにダイエットポプシで流し込む。

ゴキュッ、ゴキュッと気持ちのいいのどの音。シュワッと爽快な刺激としつこ過ぎない甘み。

思わず親父くさい感じでプハーッと吐息が漏れ出てしまう。

「はー、幸せ……」

「ふふっ、佐原《さはら》くんっていつも美味しそうに食べますよね。見てて気持ちがいいです」

武田《たけだ》さんは箸《はし》を持ったまま、口元を隠しつつ俺への感想を述べた。細めた瞳からは口元を隠していても笑顔が読み取れる。

「そうかな？　普段に関しては美味いご飯を作ってくれる武田さんのおかげだね」

「む、葉《よう》くん、私のお弁当は？　美味しくない？」

立花さんはほんの一瞬だけ、ぷっくりと顔を膨らませた。何今の、めちゃかわ。

立花さんの弁当が美味いかどうかなんて、そんなの決まりきっているたった一つの真理だ。

「もちろん美味しいよ」

「今のは無理やり言わせた感が強いですね」

「だって武田さんばっかりずるいんだもん。葉くんの美味しそうに食べる顔いっぱい見て」

確かに俺は立花さんの作った弁当を本人の前では食わないからな。余り物の弁当でも美味しいって言ってもらえるのは、料理を作る人にとっては嬉《うれ》しいことなんだろう。

その代わり教室では新《あらた》の幸せそうな顔を見ながら食事してるんだろうから、俺の美味そうな顔が見られないなんて些細《ささい》な問題でしかないだろうけど。

そのあとも俺たちがワイワイと会話しながら食べ進めていると、母さんがフラフラと俺に近寄ってきてガシッと肩を組んできた。

片手には５００ミリリットルのビール缶を握りしめている。

「ほい葉《よう》、こーんないい女二人をたぶらかひやがってー、ひっ、いっらいどっちが本命らんだー、へ？　言ってみろっへんだ。ひっ」

こうなることは薄々感じてたけども……うわぁー……めんっどくせー。

母さんは酔うとマジでめんどくさい。というかアルコールに弱過ぎる。そのおかげで俺と妹が生まれたと言っても過言じゃないんだけどさ。

どういうことかというと母さんが学生時代、二十歳《はたち》になって初めてお酒を飲んだ日。ベロベロに酔い潰《つぶ》れて男にお持ち帰りされそうになったところ、父さんが助けて酔いが醒めるまで介抱したのが馴《な》れ初《そ》めらしい。

それ以来、母さんは父さんの前以外では絶対にお酒を飲まない。

「どうらんだよー、ほい」

こいつぁーダメだ。ものの数分で出来上がってら。

こうなったらあれをやるしかない。でも本当にこの場でやっていいのか。俺は美紀《みき》に目配せした。美紀はコクリとゴーサインを出す。

仕方ないか……せめて立花《たちばな》さんと武田《たけだ》さんには見せないようにしよ。

俺は少し深刻な声で二人にお願いした。

「二人とも、少しだけ目を閉じてくれないか？」

「「えっ!?」」

二人は困惑しつつも、持っていた箸《はし》と紙皿をテーブルの上に置いて目をつぶった。

よし、今のうちだ。

「父さん……あとよろしく」

「了解した」

父さんは母さんに近づくと俺から引き剥《は》がし、ヒョイっとお姫様抱っこした。俺が深くものを言わなくてもその意を汲《く》んでくれる。

「ら、らにすんだ〜」

「愛してるよ、かなえ」


ぶっちゅ〜〜〜。


何があったかは効果音で想像してほしい。

家では何度も見た光景で、俺と美紀はもう見慣れた。

シラフなのに子どもの前で平然とそれをやれる父さんの精神は、いったいどうなってるんだと疑問に思った時期もあったけど……。

「ふひゅひゅ……そうちゃん、しゅき〜」

女の顔である。

ウザ絡みモードから父さん限定甘々モードへと移行。来年の春先には可愛い妹か弟ができていてもおかしくない。

父さんは母さんを抱えたまま、少し離れたオープンテントへと連れていった。

こうしてなんとか厄災《やくさい》を振り払うことに成功する。

俺は見ちゃダメモードを続ける二人に声を掛けながら振り返った。

「二人とも、もういいよ」

——二人はなぜか、唇を尖《とが》らせて目をつぶっていた。

立花《たちばな》さんは後ろに手を組んで、武田《たけだ》さんは胸の前でこぶしをギュッと握った状態でぷるぷるしている。

あ、いや、あの、何してるんですか?

◇

「お母さん、可愛いです」

「うん、ラブラブで羨《うらや》ましい」

二人の興味はすっかり母さんと父さんへ向けられた模様。

傍から見てもわかる。あそこの一帯だけピンクだよ。恥ずかしいから見ないでいただきたい。

「葉《よう》くんは結婚したらラブラブしたい派？」

「うーん、よくわかんないかな。結婚以前にまだ付き合ったこともないし」

「そっか……葉くんまだなんだ」

「じゃあ……キスもまだですか？」

「いや、この間したよ。しかも無理やり奪われた」

それはもう情熱的なディープキスでしたわ。

立花さんはポカーンと口を開けている。そんな立花さんに対して武田さんは睨《にら》むような表情を浮かべた。

「そ、それはどこの誰なの!?」

唖然《あぜん》とした表情から我に返り、立花さんは大きな声を出す。

何を言ってるんだね、一番近くで見てたじゃないか。

「ココアさんです」

「ココア……はぁ、葉くん、そういうのはノーカンなの」

立花さんは安堵《あんど》なのか呆《あき》れなのかよくわからない顔をした。

あれってノーカン扱いでいいのか。じゃあ放尿プレイもノーカンってことで。

「じゃあキスしたことないや」

「ここあってなんですか？」

武田《たけだ》さんは知らないか。二人は今のところ接点なさそうだし。

「うちで飼ってる犬のことだよ」

「……外で佐原《さはら》くんと会ったんですか？」

「うん、お散歩デートしたの」

武田さんが絶句してる。俺からしてもあれは意味がわからなかったし仕方ない。

武田さんは知らないだろうけどそこの美人さん、イケメンの彼氏がいるんですよ。

「……佐原くん、私が痩《や》せたら服を買うのに付き合ってくれませんか？」

「あ、そっか。痩せたら今までの服ぶかぶかになっちゃうもんね。いいよ」

「武田さん、服選びなら葉《よう》くんじゃなくて私が付き合ってあげるよ」

「いえ、異性の意見を伺《うかが》いたいので立花《たちばな》さんは大丈夫ですよ。来なくて、い、い、来なくて」

武田さんの「来なくて」を強調した言い方。

会話を聞いてて思ったんだがこの二人……仲が悪いのか？

「それじゃあ葉くん、今度お祭りに行こう？」

「そ、それじゃあ佐原くん、私は水族館で」

あの、それじゃあってなんですか？

そこに美紀《みき》がねーねーと割り込んでくる。よし妹よ、なんか言ったれ。

「それじゃあお兄ちゃん、私は遊園地で」

だからそれじゃあって何。美紀、お前もか。

なら、こっちだってそれに則《のっと》るとしよう。

「それじゃあみんなで行こうか」

「却下で」「却下します」

俺のそれじゃあは即行で却下された。

仲が悪いと思ったら妙に息が合ってるところがあるんだよな。不思議。

「私はみんなで遊園地行きたいなぁ～」

「そっちは採用で。武田さんは忙しかったら来なくて大丈夫だよ」

「採用します。立花さんこそご無理なさらずに」

そして二人は美紀に甘いのだ。

◇

バーベキューはいよいよ終盤に差しかかってきた。やっぱり締めといったら焼きそばだよね。

いつもは母さんが作ってたけど、今は酒で出来上がってるからそれどころじゃない。

頑張って俺が作ってみようと思ったけど……料理がヘタクソだから、ゲロマズに仕上がってしまうかもしれない。

さすがにリフレッシュ日に武田《たけだ》さんに頼むのは悪いなと思っていると、当然のように自分から提案してきた。

「佐原《さはら》くん、焼きそばの具は何がいいですか？」

「えっ、作ってくれるの？」

「もちろんです。今日はたくさんご馳走《ちそう》していただきましたし、むしろ作らせてくれると嬉《うれ》しいです」

それは願ってもないことだ。締めに極上の焼きそばが食えると思うと腹の虫がうずいた。

といっても焼きそばの具って何がいいんだろ。普通の焼きそばしか思いつかないし。

俺が頭の中で焼きそばの完成図をシミュレーションしていると、立花《たちばな》さんが会話に割って入ってくる。

「武田さん、私が作ってあげるよ。いつも大変だろうから今日はゆっくりしててね」

「いえ、好きでやってるので大丈夫ですよ。お気遣いなく」

「そっかー、じゃあ葉《よう》くんのだけ私が作ってあげるね」

「どうしてそうなるんですか!?　これは私の仕事です！　なので佐原くんのも私が作ります」

今回のバーベキューで少しは仲良くなったと思ったんだけど……料理のこととなるとなぜかムキになるんだよね、この二人。

そんな言い争いを鎮めにかかったのは美紀《みき》だった。

「そしたらお姉ちゃんたち、二人で半分ずつ作ったら？　ほら、お父さんたちのコンロを使って別々で三人前ずつ作ればちょうどいいしさ」

「さすが美紀ちゃん。ナイス提案だね」

「……わかりました。負けません」

二人は食材の下ごしらえをするため、少し離れたところに設置してあるテーブルで、食材の選定を開始した。

「最後のこれもらっちゃお～」

「ずるいです！　私が使おうと思ってたんですよ？　それなら……私はこれをもらいます」

「あっ!?　武田さんこそずるい～」

なんだかんだ言い合ってるけど楽しそう。

食材の下処理を終えると武田さんは父さんたちのコンロで、立花さんは俺たちが使ってるコンロでそれぞれ調理を開始した。

熱した鉄板の上に食材が投下され、立ち込める熱気と鮮やかなコテ捌《さば》きは見ていて気持ちが高ぶってくる。まるで料理番組の白熱した戦いをリアルタイムで観戦しているかのよう。

最初に出来上がったのは立花《たちばな》さんだ。

6種類の肉を使用したソース焼きそば。

肉の種類が異なるから、焼き加減を一歩間違えると肉が硬くなったりジューシー感が損なわれてしまう。だが肉の投入のタイミングをずらしたり、炭の配置を工夫して鉄板内で絶妙な温度差を設けていた。そうすることで旨味《うまみ》を損なうことを回避しているのだ。

これはまさに肉のオールスター焼きそばと言っていいだろう。そして最後にのせたあの半熟目玉焼き……今すぐにでも麺《めん》と絡ませて口の中にぶち込みたい。

少し遅れて武田《たけだ》さんも調理を終えた。

完成したのはシーフード塩焼きそば。

立花さんの肉焼きそばとは両極端に位置する存在だ。つやつやとした海鮮たちは新鮮さを象徴するかのようで、魚介の臭みのイメージなど一切感じられない。

振りかけられた粉チーズがおしゃれで、まるでイタリア料理と見間違えてしまうほど。

「はい葉《よう》くん、召し上がれっ」

「佐原《さはら》くん、こちらをお先にどうぞ」

「武田さん、私のほうが早かったんだから私が先だよ」

「……仕方ないですね」

食べる順番とか関係あるんだろうか。まぁそんなことはどうでもいい。今考えているのは、両手で紙皿を差し出してくる立花さんと武田さんが可愛いということだけだった。

ごほん。では、立花さんの焼きそばからいざ実食――。

濃厚だけど、しつこ過ぎないソースと肉の旨味が口の中で溢《あふ》れた。程よい焼き加減の肉たちは、最高のポテンシャルで麺の渦を泳いでいる。とろっとした半熟卵を絡ませると、マイルドな舌触りが加わり、旨味の三重奏が開演する。

ガツガツと口と皿を往復する箸《はし》の動きが止まらない。美味《うま》い、美味すぎる。

「やんばっ、なにこれ、うまふぎ！」

口いっぱいに焼きそばを頬張《ほおば》りながら率直な感想を述べた。我ながら行儀が悪い。

なぜか立花さんは鼻高々に満足げな様子だ。

「さ、佐原くん！　今度は私のです！」

ごくりと飲み込みながら、今度は武田さんから紙皿を受け取った。

そういえば俺、今日肉ばっかり食ってて海鮮系はほとんど口にしていないかも。

プリップリのエビ様を麺と合わせてお口の中へご招待。

――誘われたのは俺のほうだった。新鮮な海の幸と焼きそばの塩気がベストマッチ。ここは河原《かわら》だったはず。なのに広大な大海原《おおうなばら》が視界に広がった。もちろん幻覚だが、もしかするとユートピアは俺の口内に存在したのかもしれない。

「うみゃい……感動」

武田《たけだ》さんも俺が理想郷に辿《たど》り着けたことを喜んでくれたようだ。

はぁ……美味《うま》かった。さすがにもう腹いっぱいだ。

「それで葉《よう》くん、どっちのほうが美味《おい》しかった？」

「佐原《さはら》くん、私のほうが美味しかったですよね？」

「え……」

これってやっぱり料理対決だったのか？　正直甲乙付けがたいんだが。どうしよう。

俺はどっちも美味かったと言おうとしたが、美紀《みき》が余計なことを口にしてきやがる。

「おにいひゃん、どっちもおいひかっひゃはだめだよ？」

焼きそばをモグモグしながら、絶妙に聞き取れる滑舌で言葉を発している。

行儀が悪いぞ美紀。俺も人のこと言えた口じゃないけどさ。

「じゃあ30秒以内に言わなかったら私のほうが美味しかったということで」

「なんですかそれ!?　じゃ、じゃあ私は10秒です」

「やっぱり私は５秒～」

「ずるいです！」

なんだか小学生みたいなやり取りだな。武田さんも「ずるいです」が口癖みたいになっちゃってるよ。

文句を口にする武田さんを無視し、立花《たちばな》さんはカウントを始めた。

「いーち、にーい、さーん――」

このままなりゆきに任せるという手もあるが……仕方ない。ここは苦渋の決断をするしかないか。

俺は覚悟を決めた。負けたほうはどうか俺を恨まないでほしい。

「どっちも美味しかったよ。本当に美味しかった。本来であれば甲乙付けられないほどに。ただ……今回は武田さんの勝利ということで。決め手は海鮮系が新鮮だったことだね。もしもバーベキューの締めじゃなくて、最初に出されてたら結果はどうなってたかわからなかったかもしれない」

「やった！　やりました！　美紀ちゃん！　勝ちました！」

「千鶴《ちづる》お姉ちゃんおめでと～」

武田さんは美紀の前でぴょんぴょんと飛び跳ね、喜びを体全体で表した。こんなに喜んでる姿は初めて見た。武田さんも勝負事には熱くなるタイプのようだ。

武田さんとは相対的に、気分が落ち込んでいるのは立花さん。

そんな姿を見かねてか、美紀は立花さんの頭を撫《な》で始める。

「あいりお姉ちゃん、次また頑張ろうね～」

「む～、負けたぁ……悔しい～」

立花《たちばな》さんはむくれ顔でご不満な様子が表情に出ているが、ただただ可愛いかった。

この焼きそばをみんなが食い終わったらバーベキューも終わりだ。ところで母さんはどんな様子だろう。少しは酔いが醒めたかな？

様子を窺《うかが》うと母さんたちのピンクムードはまだ続いていた。

「ふひゅ、そうちゃん、あ～ん」

「あ～ん……うん、美味《おい》しいよ。かなえ」

「えへへ……そうちゃんのために一生懸命作ったんだよ～」

いやいや、いやいやいやいやいや。その焼きそば武田《たけだ》さんが作ったやつだからね。さすがに弟子が師匠の手柄を横取りするのはまずいだろ。

一段落《いちだんらく》して片付けが始まったが、母さんが戦力外だったのは言うまでもない。

◇

帰りの車内、席は行きと同じだ。

母さんはもうスイッチオフ。起きたらビックリするくらいシラフになってるんだよな。

はしゃぎ疲れたのか、立花さんと武田さんも車を走らせてすぐに眠りについたようだ。二人で肩を寄せ合っている姿を見ると、さっきまでいがみ合っていたのがまるで嘘《うそ》のように感じる。

「二人は楽しんでくれたかな」

「うん、楽しそうだったから大丈夫だよ」

「また来年もやれたらいいね」

「それはお兄ちゃん次第じゃない？」

「え？　それってどういう意味？」

俺がまた立花さんを誘えるかってことかな。美紀《みき》は俺の問いに大あくびで答えただけだった。

どうやら美紀もおねむなようだ。俺は行きでぐっすり眠ったから目が冴《さ》えてる。

「そんなとこ……ダメだよぉ……」

前の席で眠っている立花さんが変な寝言を発した。いったいどんな夢を見てるんだろう……。

もしかして……出演者は俺だったりしないかな？

そうじゃなかったら夢の中のハゲ——今すぐそこを代われ。

# 第八章　刈り取られるライフ

夏に行われる欠かせない娯楽、プール。

屋外の大型レジャープールにはバラエティに富んだアトラクションがあり、各所で賑わいを見せていた。

周囲の人たちが楽しむ中、俺たちは照りつける太陽のもとで女子の着替えが終わるのを待っている。

これから女子たちの水着をありがたく拝める幸運なメンバーは俺、陽介《ようすけ》、柳文也《やなぎふみや》、そして新《あらた》の四人だ。

文也は陽介と同じサッカー部。スポーツ刈りでヤンチャな風貌《ふうぼう》だが、話は合うし乗りもいい。

あとフツメン寄りというところが妙に親近感が湧《わ》く。俺の周りはなぜか新とか陽介みたいなイケメンばっかだからな。

それにしても陽介と文也はスポーツで鍛《きた》え上げた引き締まったいい体をしている。あんま部活の内容について話したことないからわかんないけど、筋トレは自重が中心なのかな。

「どうしたの、人の体をジロジロ見て」

「おいやめろよ葉《よう》、自家発電のネタはこれから来る女子たちにしておけ」

「何を言ってるんだ。男優は俺一人いれば十分だ。女優は何人いても可」

「葉はハーレムものをご希望っと。それはさておき新、おまえしばらく見ない間に少し太ったか？」

文也が新に体型のことを尋ねた。おちょくる意図はなく単純な疑問だろう。

元の半裸がどんな感じかは知らないけど、この中で腹筋が割れてないのは新だけだ。文也が言うように俺もそのことには前から気がついてる。原因はあの巨大弁当だろう。

「最近飯が美味《うま》くてな。俺もこの夏にダイエットでもして、更にイケメンに磨きをかけちゃおっかな～」

「ははは、冗談はその頭だけにしとけよ」

「おいコラ、てめぇっ」

新が文也にヘッドロックをかましてじゃれ合ってると、俺たちに近づく水着美少女たち三人の姿が見えた。

遠巻きにでもわかるレベルの高さ。もちろんそのうち一人は群を抜いている。これは俺の補正とか関係ないと思う。まじ天使。

「お待たせー」

ギャルっぽい藤沢《ふじさわ》さんはレースがあしらわれた黄色のハイネックビキニ。褐色の肌と合わさってとてもよく似合っている。うん、可愛い。

「進藤《しんどう》はさっきから何をやってるのよ」

猫顔系で可愛い大澤《おおさわ》さんはフリルの付いた水色のオフショルダービキニ。露出した肩から胸元までのラインがとってもセクシー。

「ど……どうかな、似合ってる、かな？」

そしてお待ちかねの立花《たちばな》さん。

ん～、黒ビキニ。シンプルなホルターネックの黒ビキニである。立花さんの綺麗《きれい》なボディラインとFを引き立たせるようにまとわりつく魅惑の黒。大人びて凛《りん》とした印象を与え、いつもの清楚《せいそ》感のある出《い》で立ちとのギャップが最高得点をたたき出す。

あぁ、ふつくしい。

腰に結びつくその紐はいろいろと妄想してしまうからあまり見ないでおこう。

「うん、すごく似合っ――」

「すげぇ似合ってるぞ立花！　最高だぁ！」

俺にかぶせて感想を述べる新《あらた》。

気持ちはわからないでもないが、興奮し過ぎじゃないか。ほら、さすがに彼女の立花さんもちょっと引いてるぞ。

その後、俺たちはテントとレジャーシートを広げてベースとなる場所を確保した。

プールでは特に紫外線対策が必須だ。美紀《みき》から日焼け止めを貰《もら》ってきたから忘れずに塗っとこ。

一度だけ何も塗らずにプールで遊んだことがあったけど、そのときは死ぬほど赤くなって1週間くらい地獄のシャワー生活を送ったからな。もうあんな思いはまっぴらごめんだ。

あれ、日焼け止めどこにやったっけ。

俺がカバンをゴソゴソと漁《あさ》っていると、新と立花さんの会話が聞こえてくる。

「進藤くん、日焼け止め塗ってあげるね」

「へへ、マジか。それじゃあお願いしようかな」

立花さんはボトルから日焼け止めを取り出し、仰向《あおむ》けになった新の胸に塗りたくる。

ネチョネチョという効果音が聞こえてきそうなほど、濃密な手のひらとの接触。

く……くそ、新のやつ……。彼氏だから仕方ないけど、あんなにネッチョリと隈《くま》なく塗られやがって。でもなんで立花さん、手袋してるんだろう。

前半身が塗り終わると新はうつ伏せになった。背中側にも同様に日焼け止めを塗られている。

あぁ、立花さんの極上マッサージを思い出す。あんなにヌルヌルして……羨《うらや》ましい……。

俺はその光景を目に、一人虚《むな》しく探し当てた日焼け止めを塗ることに。

「ねぇ、よーちん。背中塗ったげようか？」

そんな新と立花さんのイチャイチャを前に、意気消沈した俺を気遣ってなのか、藤沢《ふじさわ》さんが話しかけてきた。こういうところが密《ひそ》かに男子人気が高い理由なのかな。納得。

「いいの？　じゃあお願いしようかな」

俺がボトルを手渡すと、藤沢《ふじさわ》さんはクリームを手に広げた。藤沢さんに背中を向けると小さな手が添えられる。

優しい手つきで俺の背中に日焼け止めを塗ってくれる藤沢さん。なんかいろんな意味であったかいです。

「よーちんって帰宅部なのにいい体してるよねー。すごくカッコいい」

「ほんと？　ありがとう。父さんの影響で筋トレが習慣化してる影響かな。ちなみに喧嘩《けんか》はめっちゃ弱いと思うんでそこんとこよろしく」

「ははは、よーちんおもろー。でも喧嘩自慢する人よりそっちのほうが潔くてうちは好きだよ」

「そうなの？　女の子は強い男が好きそうな気がしたけど」

「ん～、うちは強いかどうかはあんま気にしないかなぁ。弱くても必死に守ろうとしてくれるだけできゅんとくるよ」

なるほどね。思わぬところで恋愛スキルポイントを獲得した。まだレベルは上がらないようだけど。

「ところでよーちん、この水着どう？」

「めっちゃ可愛いです」

「はは、なんで急に敬語？　ありがとー、あとで自慢しちゃおーっと」

俺と藤沢さんがおしゃべりに花を咲かせていると、日焼け止めを塗り終わった新《あらた》はものすごい勢いで立ち上がり、どこかへ消えていった。

あぁ、わかるぞ新。お前もあまりの気持ち良さに男の本能が目覚めてしまったのだな。

そのあと、立花《たちばな》さんが慌てた様子で俺たちのところにやってきた。

「桃花《とうか》ちゃん！　なんで葉《よう》くんに日焼け止め塗ってるの⁉」

「えー？　だって、あいは進藤《しんどう》に塗ってあげてたし、よーちん一人で背中塗るの大変そうかなーって思ったんだもん」

「もー！　私が塗る予定だったのに！」

「ごめんって、あんま怒んないでよ。そしたらよーちんから日焼け止め塗ってもらえば？」

いや、藤沢さん何を仰《おつしや》ってるんですかね？　さすがにそれはまずいのでは。

「そうする。じゃあ葉くん、お願いね。はいこれ、あ、間違えた。はいこれ」

本当に……本当にいいのか？

というか立花さん、今間違えて差し出したのって……。

サンオイルですよね？

◇

「葉《よう》くん、背中の紐外して？」

うつ伏せになり、綺麗《きれい》な長い髪を右に流した立花《たちばな》さんが俺にお願いしてくる。

普段は見えないうなじと夢のようなセリフが俺の理性を吹き飛ばしにかかってきた。

た、耐えるんだ俺。

腰の紐は見ないと決めた途端、まさか背中の紐を外すなんて誰が想像できただろうか。

俺は蝶結びになった紐の端をドキドキしながら引っ張った。

微《かす》かに聞こえたシュルシュルという音が、さらに心拍数を跳ね上げる。

外れないように2回くぐらせてるみたいだ。これ、あとで俺が結び直すんだよね。ちゃんと元通りに結べるようにしなくては。

この公衆の面前で立花さんのビキニが外れたら一大事だからな。このFは誰にも見せてはならない。

そういえば新《あらた》はもう見たんだよな。モミモミとか、それ以上もしてるだろうし。悲しくなりそうだからこれ以上は考えるのやめよ。

首の紐も塗るときに邪魔だから外してと言われた。先程まで固く結託していた紐は力なくレジャーシートに倒れ込む。

もうビキニは着ているのではなく、Fに押し潰《つぶ》されている状態だ。いま立花さんが立ち上がれば、その大きな実りの全容が解き明かされることだろう。

立花さんから受け取った日焼け止めの蓋《ふた》を開け、左の手のひらに垂らしこむ。ボトルが少し冷たかったから、保冷剤かなんかの近くに入れてたのかな。少しヒンヤリする。

この白い液体を、今からこの吸い付くような肌にヌリヌリするんだよね。

俺は生唾《なまつば》をゴクリと飲み込んでから一息ついて宣言した。

「そ、それじゃあ……いきます」

ピトッ。

「あんっ」

「ちょ、変な声出さないでもらえますかね!?　飛びそうなんで」

理性が。ついでに鼻血も。

その綺麗な肌が俺の血で真っ赤に染まっても責任取りませんからね？

「だって思ったより冷たかったんだもん。葉くん、あったかくなるまでさすってね？」

ヌリヌリにサスサスが追加オーダーされた。

というか、なんですかこれ。吸い付くような肌っていうか吸い付くんですけど。モチモチした肌と絶妙に沈み込む弾力感。これがふわもち肌ってやつですか。

お、女の子の体って、こんなに柔らかいの……。


ヌリヌリ。

「んっ、んっ」

サスサス。

「んっ、んっ」

ヌリヌリサスサス。

「んっ、んっ、んっ」


こりゃダメだ、もうすぐ飛ぶ……。

◇

ギリギリなんとか、立花《たちばな》さんを真っ赤に染めずに済んだ。

途中から記憶がない。

あれ、俺ちゃんとビキニの紐元どおりに戻したっけ。確認したほうがいいかな。でもビキニの紐を確認させろって言ったら完全に変態だよね。

背中の紐は見た感じではしっかり結べている。首の紐は長い髪に隠れて見えない。

まぁきっと大丈夫だろう。

そんな俺の葛藤《かっとう》の一部始終を目撃していた文也《ふみや》が絡んでくる。

「ずりーなおい。途中で俺と替わってくれてもよかったんじゃねーの？」

「文也は何もわかってないね。お前だったら今頃、立花さんを真っ赤に染め上げて暴行罪で逮捕されているところだよ」

「それ、真っ赤に染め上げるのは自分の鼻血だって言わないと、俺がヤバいやつみたいになっちまうからな」

きっとこの中で冷静に塗れるのは陽介《ようすけ》くらいなものだろう。

さっき興奮してしまった新《あらた》は除外で。

というか新のやつどこだ。

辺りを見回したがあれから姿が見えない。

「ところで新はまだ帰ってこないの？」

「どうせどっかでナンパでもしてんだろ」

文也は新と同じ中学らしいから、友達としての付き合いが長いはず。

今の答えから新と仲がいい文也でさえ、立花さんと付き合っていることを知らされてない様子だった。

あんな美少女の彼女がいたら、ナンパする気なんて起きないだろう。

だがあの頭の件は何か聞いているかもしれない。

「そういえば、なんで新《あらた》はハゲにしたのか聞いてる？」

「俺も知らね。聞いてもはぐらかされたし。あいつの行動理由なんて基本女絡みだろ」

そうするとあれは立花《たちばな》さんの好み……？

この間新が言っていた『ハゲになる覚悟』ってのと話が繋《つな》がってくる。

「進藤《しんどう》とかどうでもいいから早く行こー？」

さすが大澤《おおさわ》さん。新にも容赦《ようしゃ》なし。

場所も確保してるし、光った頭ですぐに見つけられるだろうからという理由で俺たちは流れるプールに向かった。


園内をぐるっとまわる流れるプールは、子どもから老人まで楽しめるアトラクションの一つ。

見知らぬ子どもたちはキャッキャと大いにはしゃいでいて、そこに俺たちも加わった。

女子たちはみんな浮き輪を持ってきている。

ぷかぷかと浮かぶ美少女三人。なんとも可愛い光景である。

それにしても立花さんの浮き輪だけなんかデカイんだけど。

「ささっち、押して？」

「よし、任せなさい」

加速感をお望みなのか、藤沢《ふじさわ》さんは陽介《ようすけ》に浮き輪を押すように要求。なるほど、ここでサッカー部の脚力が活《い》かされるのか。

「あ、私も。柳《やなぎ》よろしくー」

「俺をパシリのように使うな」

文句を垂れながらも、文也《ふみや》は大澤さんのリクエストに応えて浮き輪を押していく。大澤さんみたいな可愛い子にお願いされたら断れない気持ちは大いにわかる。

四人は流れるプールの力を借りて、スイスイと先に進んでいった。

「葉《よう》くん、一緒に浮き輪に入ろ？」

「あの、俺に対しての要求だけおかしくないですかね」

「だって一緒にぷかぷかしたほうが楽しいよ？」

もちろん俺にとっては嬉《うれ》しいことだけど……。

そもそもその浮き輪って、新と一緒に入るために用意してたんじゃないのか。

おーい新、戻ってこーい。じゃないと俺が一緒に入っちゃうよ？

仕方ないから３秒だけ待ってやる。
３、２、はい戻ってこなーい。
「それじゃあ、お邪魔します」

大きい浮き輪と言っても、大人とさほど変わらない体格の男女が入ればそれなりに狭くなる。

俺の胸板と立花《たちばな》さんの背中が密着する。鎖骨から下った水滴は肌と肌の隙間《すきま》に入り込み、むず痒さと温もりでなんとも言えない感覚だ。

そしてプール特有の塩素臭とともに、以前嗅《か》いだことのある香《かぐわ》しさが俺の鼻を刺激する。

近い。ものすごく。


「ふふっ、葉《よう》くん……あったか～い」


俺はいろんな意味で暑すぎて死んでしまうよ。

夏の自販機に『あったか～い』飲み物が入ってたら殺意を覚えるはず。だけどこれは例外。

俺は迷いなく購入ボタンを押すだろう。

◇

一つの大きな浮き輪には男女が二人。紛《まぎ》れもなくカップルに見られてるであろうこの光景。

もしも立花さんが恋人だったら、俺はギュッてしてるよ。ギュッて。

はぁ……なんじゃこりゃ。ここは天国への道中……三途の川だろうか。

　ああ、神様。せめて立花さんは現世に返してやってくださいい。代わりと言ってはなんですが、新《あらた》を差し出しますので。

　水面《みなも》からぷかぷかと伝わる浮遊感が、より一層非現実感を引き立たせる。

　この浮き輪はいったいどこへ俺を誘おうとしてるのだろうか――。

「葉くん、あれ見て！　すごいウォータースライダーがあるよ！」

　立花さんは少し興奮気味に指を差している。

　ほうほう、確かにこのウォータースライダーは凄《すご》い。

　滑らかな肩から滑り落ち、ブラックゾーンの隙間には豊満な谷間。それはさながら楽園へと誘う旅客機のＦ《ファースト》クラスのよう。そこに挟まったら最後、理性など木っ端微塵《こっぱみじん》に粉砕されてしまうだろう。

　なんの話をしてるのかって？

　もちろん立花さんが指差してるウォータースライダーのことだよ。はははははは。

「立花さんは高いとこ大丈夫？」

「大丈夫だよ。でも滑ったことないんだ」

「そうなの？　一度も？」

「うん。日焼けしたくなくて、最後にプール来たの小学生以来なんだ。当時は身長が足りなくて滑れなかったの」

なるほどね。確かに立花《たちばな》さんの綺麗《きれい》な素肌には紫外線は毒だ。その毒を喰《く》らってでも、新《あらた》がいるから我慢してプールに来たのか。

なんて健気《けなげ》なんだ。そんな天使立花を放っておいて新はどこで何をしてるんだよ。

「あ、ねぇねぇ葉《よう》くん。かき氷食べよ？」

次に立花さんの目に留まったのは売店にぶら下がる氷の旗。まだプールに入って少ししか経ってないけど、妙に体が熱いから助かる。


俺と立花さんはプールから上がると売店に向かった。

「葉くんはブルーハワイでいいよね？」

「うん、オッケー」

って、反射的に了承したけどなんで俺の好み知ってるんだ？　俺ブルーハワイ派っていつ言ったっけ……。まさか弁当の感想を送りまくってたから、既に好みの傾向を把握してるとか。

立花さんはイチゴ味をチョイス。すぐ近くにあるテーブル席に着いた。まだ昼時には早いからすぐ座れてよかった。

二人してパクパクと氷の山を崩しながら食べ進める。フワフワでシャリッとした氷の粒が口の中で溶けてなくなり、ヒンヤリ感と甘みが口いっぱいに広がってゆく。大変美味である。

「葉くん知ってる？　かき氷のシロップって本当は全部一緒の味なんだって」

「え、どういうこと？　だって味違うじゃん」

「色と香りが違うからそう感じるらしいよ。だから原材料はほとんど一緒なんだって」

「へぇー。さすが立花さん、物知り。でもにわかには信じられないなぁ」

料理は味だけじゃなく香りや見た目も重要というのは知ってるが、人間の味覚はそんなにいいかげんなのだろうか。

「じゃあ葉くん、鼻つまんで目を閉じてから口を開けてみて？」

何をするのかわからなかったけど、とりあえず俺は立花さんに言われたとおりにした。すると、口の中に冷たい甘みが広がる。

ん？　これ、何味だ？

「わ、わからない……」

「でしょ？　正解はイチゴ味でしたー」

確かに立花さんの言うとおりだった。まぁここにはブルーハワイとイチゴしかないけどね。

ん、ん、んんん？　イチゴ味？　あの、そのお持ちになってるストローって……さっきまで立花さんがパクパクしてたやつですよね？

まさか、これが俗に言う間接キッスとかいうやつですか？

立花さんは気にする様子もなくストローを口に咥《くわ》えた。お口をモニョモニョさせている。

「な、何やってるの？　立花《たちばな》さん」

「ちゅぱっ。ん、なんでもない」

なんでもないそうでーす。気にしたら負けだ。俺は間接キッスなどしていない、うん。

「葉《よう》くん、見て見て？　べ〜」

立花さんの口からチロッと出た小さな舌は、かき氷のシロップで真っ赤に染まっていた。そんな子どものような愛くるしい仕草に内心ドギマギしてしまうが、俺は平静を装うことにする。

「めっちゃ真っ赤だよ。消防車みたい」

「ふふふ、葉くん例えが変。葉くんもべーして？」

俺もべーっと舌を出す。ブルーハワイで染まった俺の舌は真っ青になっていることだろう。

「わ、すごいよ葉くん！　少しだけぶどうみたいになってる」

「え、なんで紫？」

「イチゴと混ざったからじゃない？　もうちょっと食べてみたらどうなるかな？　あーん」

「い、いや、もう大丈夫だから。俺あんまイチゴ好きじゃないし」

本当は大好きです。

早く、心の消防隊よ。この鳴り止《や》まない鼓動に放水を。

立花さんと他愛《たわい》もない雑談を繰り広げていると、聞き慣れた声が耳に入ってくる。

「おい沙織《さおり》、今日はデートじゃないんだからいいかげん諦めろって」

「えぇ〜、せっかく偶然新《あらた》くんに会えたのに〜」

少し離れたところに帽子をかぶって歩いている新が見えた。

隣にいる女の子は誰だ？　かなり可愛いな。立花さんと比べたら霞んで見えてしまうけど。

——失礼、あの女の子に悪いよね。あくまでも個人的感想ですので。

二人は何やら言い合ったあと、立花さんの存在に気がついたのか新はすごい勢いでこちらに向かってきた。

「た、立花！　これは違うんだ！」

「なんのことかな？」

「だ、だからあれは単なる友達でそんなんじゃないから！」

「ねぇ新くん、その子誰？」

女の子は明らかに不機嫌そうな顔をしている。

こ……こいつ、もしかして浮気か？

あ、ありえねー！　立花さんというめちゃんこ可愛い彼女がいながらこいつ……。

不本意だが、こうなったら仕返しの意味も込めて俺が代弁してやろう。

「この人は新の彼女の立花さんです」

「え、葉くん。違うよ？」

あぁ、ダメだこりゃ。立花《たちばな》さんも新《あらた》の浮気に気がついて激おこモードですわ。

まるで気にしていない様子を見せてるが、内心では絶対に強がってるだけだ。

「よ、葉《よう》！　てめぇ！」

新の焦り具合と俺の言葉で、女の子はすぐに状況を理解してくれたようだ。

「さいってぇ！」

パシンと、乾いた音が辺りに響く。それは思いっきり新の頬《ほお》を引っぱたいた効果音だ。

よっぽどの強打だったのか、新はバランスを崩してテーブルの角に顔面を強打する。

ポロッと白い何かが床のタイルに転がった。

「いでぇぇぇぇ！　あっ!?　あぁぁぁ！」

鼻血が出たのか、口元を押さえてポタポタと血を滴《したた》り落としながら、すぐ近くの救護室に駆け込んでゆく。

「ねぇ葉くん、これ食べ終わったらウォータースライダー行こう?」

立花さんは新が負傷したのに全く気にする素振りはない。

浮気をしたらどうなるか……胸に刻んでおこう。

◇

かき氷を食べ終わると、俺と立花さんはウォータースライダーへ続く階段下のパネル前で立ち止まった。

『身長140センチ未満の方は滑れません』

というと小学校高学年くらいから滑れるようになるのかな。このウォータースライダーは下から見てても結構迫力がありそうだし、安全面では妥当なんだろう。

それにしてもちっちゃい頃の立花さんか。さぞや天使みたいな女の子だったんだろうな。クラスにいたら絶対好きになっちゃうやつ。結局今と変わんないね。

「葉くん見て見て、どう？」

立花さんはパネルに描かれた絵と背比べした。どっからどう見ても優に超えている。

それはそうだ。もう高校1年生になって、女の子は身長の伸び終わりに差しかかってる時期だし。でもそんなことは本人もわかってる。ただただ、乗れるようになって嬉《うれ》しい感情を露《あら》わにしてるだけ。

うう……いちいち可愛すぎて辛《つら》い。

パネルの目盛りから読み取ると、立花さんの身長は167センチか。女の子としては高身長の部類に入り、それがグラマラスなボディラインを演出している。

俺は今172センチだから無理だけど、もしも立花さんを下から見上げることができたなら、それはそれは魅力的なことだろう。

「うん、バッチリだね。これならドラゴンにも乗れるよ」

「ブルーアイ◯ホワイトドラゴンにも乗れる？」

「そりゃもちろん」

「ふふ、やったぁ」

立花《たちばな》さん、なかなかマニアックなチョイスだな。女の子でそれを知ってるのは珍しいと思うよ。いつか俺もあの名セリフを言われてみたい。

『もうやめて！　葉《よう》！　とっくにハゲのライフはゼロよ！』って。


階段を上がりしばらく並んだあと、ウォータースライダーの滑り台に到着。

滑り口は二つに分かれてるけど、立花さんは俺の後ろに並んでる。順番的に俺が先に滑ってから、立花さんがそのあとに続く感じだ。

「ねぇ葉くん、下から私が滑るとこちゃんと見ててね？」

「りょーかい。バッチリ見てますとも」

そりゃもう、目に焼き付けますわ。違った意味で下から見上げますよ。

近くにいる係員が笛を吹くと滑っていい合図みたい。俺は滑り口に座ってその音色が耳に届くのを待った。

なんか待ってる時間ってワクワクというかソワソワというか、変な気持ちになる。

ピッ！

ゴーサインが出た。俺は勢いよく滑り台のフチを掴《つか》んで体を滑らせる。スルスルと背中に伝わる水の感触とともに、どんどんと速度が上がっていく。

カラフルに継ぎ目が変わりゆくその様が、視覚を通して加速感に拍車をかけた。日常生活では味わえない重力のかかり方が、高揚感を最高のボルテージへと誘う。

めっちゃ楽しい。叫んじゃおっかな。誰も聞いてないし、いいだろ。

「この、ハゲ────!!」

ザブンッ!!

華麗に着水。いや、叫んでたからか鼻から水が入った。ツンとする。

周りを見ると着水の様子を見て楽しんでいる利用客がたくさんいた。なんかクスクス笑っているのは気のせいだよね。

すぐプールから上がり立花さんを待った。残念、わかっちゃいたけどあんまり姿ははっきりとは見えない。なんとなく誰かが滑ってる影が見えるだけ。

それでも着水の様子だけは見逃さない。きっと周りのギャラリーも俺と同じ心情なんだろう。

最終カーブを曲がり、立花さんの姿が見えた。

なぜか腕をパタパタとさせている。それはさながら、ペンギンが空を飛ぼうと必死に足掻《あが》いてるかのよう。

何それ……か、可愛い……。

ザブンッ！

水しぶきを上げて着水。その一瞬だけ切り取れば、湖から飛び立とうとする白鳥のようにも見えたことだろう。

長い髪をかき上げた立花《たちばな》さんがこちらに向かってくる。デコ出し立花さん。めっちゃ可愛い。

「葉《よう》くん葉くん、ちゃんと見てた？」

「うん、見てたよ。見事な可愛い着水だった」

「ふふふ、たのしー！　ねぇ、もう1回！」

いいだろう。何回でも付き合おうじゃないか。本当に楽しそうにする立花さんは、まるで小学生の頃の美紀《みき》のようだ。て、あれ、今の美紀も大して変わらないか。

立花さんはプールのフチから上がろうと両腕をついた。

素晴らしき光景。何とは言わないから想像してごらんなさい。真正面、上から見下ろした先にある実りの果実を。

下を向いてるから俺の視線には気がついてないだろう。ちなみに周りのギャラリーにいる男どもの視線にも気がついてないようだ。

絶好のチャンスを逃すまいとガン見した。女の子には悪いけど、これは男の性《さが》なのだ。そこにあったら見ちゃう。見ようとしなくても見ちゃう。だったら思いっきり見たっていいじゃない。

俺は目が焼き切れんばかりに凝視していたから、そのアクシデントを見逃さなかった。

「ちょ、ちょ、ちょ、まずいって！」

首の紐が外れ、ペロンと水着がめくれる寸前——俺は咄嗟《とっさ》に手で押さえつけてしまった。

立花さんの外れかけるビキニを。

絶妙な力加減で辛《かろ》うじて果実の形を変えないようにしているが、指先に伝わる微《かす》かな弾力はどうやったってごまかせない。事情が伝わらなければ完全にセクハラ行為。俺は今日、立花さんから絶交を言い渡されてもおかしくない。

だが構わない。今も感じる視線の先の野郎には絶対に見せてはならないのだ。

「や、やん……葉くん、こんなところでダメだよ……」

「ちょ、違くて！　ビキニの、首、紐、結んで！　早く!!」

俺はめちゃくちゃテンパってた。立花さんもようやく気がついたようだが、全く慌てる気配がない。

何か含みのある目つきで見てくる立花《たちばな》さん。

今、その目で見ないでもらえますかね。この変態野郎ってなじるのはこれが終わってからいくらでも聞きますから。

立花さんは体を支えている腕の力を緩め始めた。

ギュムッ、という効果音が脳内で自動再生されるとともに、平常心を完全に破壊する神のいかずちが手の内に飛来する。

「ちょ、立花さん！　動かないで、それ以上は、ダメ！　だ、らめだからぁ！　あぁぁぁ！」

圧力を加えられた二つの果実が俺の手を殺しにかかってきた。ライフゼロ。

きっと、今日の夜は眠れそうにないだろう……。

◇

危機的状況を切り抜けて、今度はしっかりとビキニの紐を結んだ。

これに関しては俺の過失だ。あのとき、ちゃんと確認してればこんなことにはならなかった。

それでも立花さんは全く怒ってる様子はない。どこまで天使なんだ。

昼飯のためにテントへ戻るとみんな戻ってきていた。どうやら俺たち待ちのようだ。

「二人ともおっそーい。早くご飯食べようよー」

「ごめんね桃花《とうか》ちゃん、つい楽しすぎてはしゃいじゃった」

「あれ？　新《あらた》はまだ戻ってきてないの？」

「進藤《しんどう》なら飲み物買いに行ってるよ。多分そろそろ戻ってくるんじゃないかな」

噂《うわさ》をすると新は腕いっぱいにペットボトルを抱えながら、立花さんの存在に気がつくと勢いよくこちらに向かってきた。

「た、立花〜！　さ、さっきのはホント誤解なんだって〜」

「別に、進藤くんがどこで誰と何してようが私には関係ないけど……」

「そ……そんなこと言うなよぉ!?　た、立花ぁ〜、ねっちゃんあげるから許してくれよぉ……」

「え……いらなーい」

もうやめて！　立花さん！　とっくにハゲのライフはゼロよ！

## 【新】なる計画

立花《たちばな》に女といたところを見られたが、あれから特に俺への態度は変わることもなく、今日も立花の家に上がり込んでいる。リビングのテーブルに腰掛けて料理が出てくるのを待った。

「グルルルルル～……バウッ！　バウッ！」

ちっ、うっせーなぁ。

立花が飼ってるゴールデンレトリバーにめちゃくちゃ吠《ほ》えられる。もう何回も家に上がってるんだからいいかげん慣れろよな。俺は敵じゃなくて立花の味方だぞ。

しばらくすると吠え疲れておとなしくなるからもう無視してる。仮にここで俺が立花を襲ったら、間違いなく噛《か》み付いてくるだろうな。

まぁそんなことは絶対にしないけどな。暴力に走ったら俺の魅力が通用しないと認めてしまうことになるから。だから絶対にこの最上級の女は俺の実力で落としてみせる。

ただ、性欲は高まる一方。健全な男子高校生なら普通の生理現象だ。ましてや毎日毎日、目の前に最上級の女がいて指一本触れられないこの状況。

あぁ、ムラムラしてきた。

このあと家に帰ったら女を呼ぼう。最近は四番目の女がお気に入りだ。

少し待つと料理が運ばれてきた。どんどんとテーブルが大皿で埋まっていく。

多い……大家族だったらなんら不思議じゃないんだろうが、これを食うのは俺一人。

「な、なぁ立花……ちょっと作りすぎじゃないか？　天ぷらとかそんなに揚げなくてもさ」

「あのね進藤《しんどう》くん。天ぷらって簡単そうに見えるけど、とっても難しいんだよ？　特に油から上げるとき、音を頼りに最適なタイミングで引き上げられるかで食感が変わってくるんだからね」

「そ……そうなのか。料理は奥が深いんだな」

立花は料理への拘《こだわ》りがかなり強い。きっと納得いくまで何度も作ってるんだろうな。

だがブタ弁当の３段目に入ってるありゃいったいなんだ。

月曜日がボルケーノ、火曜日がマグマ、水曜日がセメント、木曜日が沼、金曜日がジャガバード……謎の日替わりダイエット飯。あれは炊飯器で簡単に作れるのが魅力だったはず。

ただ味は本当に美味《うま》いんだよな、味は。これが適量で野菜ももう少しあったら最高なんだが。

しばらく続けていって、立花の料理スキルが上がればそのうち落ち着くだろう。

う、うう……ようやく半分片付いた。だがこの腹具合なら今日もいけるだろう。

俺が完食への希望を見出した頃に絶望はやってくる。

「はい、今日はお弁当がなかったからおかわり持ってきてあげたよ。たくさん食べてね？」

「お……おかわり？」

「うん、おかわり」

「……」

テーブルは再び大皿で埋め尽くされた。

俺はタイムスリップでもしたのだろうか。だがさっきまで食っていた料理は、俺の胃の中に間違いなく収まっている。

振り出しに戻った瞬間だった。

ぼうだめ……ぼうやめで……ぼうぐえない……。

◇

俺の胃袋は拡張していってる気がする。もうこれ以上は食えない、限界だと思っていても、なんだかんだ結局は胃に全て納まっていくからだ。

というか晩飯が少しずつ増えてるのは気のせいか？

ははは、まさかな。

食ったあとは苦しさでほとんど動けない。今に限って言えば性欲はゼロだ。

俺が動けない間に決まってやることがある。立花《たちばな》がクリームを取り出して俺の頭皮に塗りたくるのだ。なんでもスキンヘッドのメンテナンスなんだとか。

手荒れするからか、毎回手袋を装着してる。

「う……うぷっ、なぁ立花、それって毎日塗らなきゃダメなのか？」

「毎日ってことはないけど、定期的にやらないと髪の毛が生えてきちゃうからね。青髭《ひげ》みたいに中途半端になるのが一番かっこ悪いでしょ？」

「確かにな……」

いや、納得しかけたがちょっと待て。それって端的に言えば普通のボウズってことでは……？

立花は好きな男の容姿に相当妥協したくないようだ。全く……俺って男は罪深いな。

この調子なら今日こそはいけるかもしれない。俺は勝負に出ることにした。

「立花……ちょっと苦しいからベッドで横になってもいいか？　ついでに立花の部屋も見てみたいしさ」

「……ごめんね進藤《しんどう》くん、私の部屋ないの。お母さんと一緒の部屋だから」

「立花の家族って三人家族だよな？　こんだけ部屋があって自分の部屋がないのか？」

「うん、ほかの部屋はお父さんの書斎とかリモートワーク用の仕事場なんだ～」

絶対嘘《うそ》だろ。だがそういうガードが堅い面も悪くない。落としたときの満足感が跳ね上がるからな。

お楽しみはもう少しとっておくとしよう。

スキンヘッドのメンテが終わると同時に家から追い出された。

立花《たちばな》家の表札を見つめながら、来るべき日を想像して胸を高鳴らせた。

◇

帰りの道中、プールでの出来事を思い出す。

俺は女と会うときはカツラをかぶるようにしてる。立花の性癖には刺さるが、やはり一般受けしないいし何より目立つからだ。

それでも想定外のことは起きてしまう。まさかプールで二番目の女と遭遇するなんて……。とっさに売店で売られていた帽子をかぶってごまかしたが、俺の機転も虚《むな》しく立花と遭遇しちまった。

葉っぱ野郎、余計なことを口にしやがって……マジでゆるさねぇ。今日のプールでも立花に付きまといやがって。

雑草のくせに調子に乗りすぎなんだよ。

薄暗い街灯を何度も潜りながら夜道を歩いていると、スマホが着信音の響きとともに震えた。

ちょうどいい、この際何番目の女でもいいわ。

ポケットから取り出したスマホのディスプレイに表示されたのは柳文也《やなぎふみや》の文字。

ちっ、お前かよ。

「もしもし?」

『よっ、怪我《けが》は大丈夫か?』

「……最悪だよ。唇切ったうえに前歯1本折れたんだからな。とりあえず歯のほうは保険適用で治したけどよ、元どおりに治すのに10万だと。マジで笑えねぇわ」

『ははは、よくわかんねーけど、どうせまた女絡みだろ? これに懲《こ》りたら少しはおとなしくしてろよ』

「うっせーなぁ……っていうか、俺の女関係のこと誰にも言うなよ? サッカー部で同中《おなちゅう》のお前が言うと信憑性《しんぴょうせい》高くなるんだから」

俺と文也は同じ中学出身で部活でも常に行動を共にしていた。高校で一番俺の素性に詳しい男。こいつにベラベラと喋《しゃべ》られるのは厄介《やっかい》だ。

『はいはい、それ何回目だよ。誰にも言わねーって。んで? 懲りない新《あらた》くんの次の狙いは?』

「そんなの決まってんだろ。立花だよ立花」

『立花? ……あ~っ、無理じゃね? あれはどう考えたってお前の手には負えねーって』

「は？　俺が女を落とせねぇわけねぇだろ。というかもう9割落としてるようなもんだぞ」

『なんだそれ？　お前まさか……気づいてないのか？』

「なんだよさっきから！　言いたいことがあるならはっきり言えよ」

募ったイライラが俺の声音《こわね》に変化を来《きた》す。電話越しでもそれが伝わったはずだが、古い付き合いの文也《ふみや》はそんなことは気にも留めない。

そして、俺が絶対にありえないと思い続けていたことを口にする。

俺が今、もっともムカついてるやつの名前と合わせて……。

『いや、だってよ。あれ、どっからどう見たって葉《よう》のことしか見てないだろ』

「……は？　んなわけねぇだろ。あんなそこら辺に生えた道草を好き好んで拝むなんて」

『ん～……プライドが高いイケメンにはわかんねーだろうけどよ。まぁ狙うのは別に止めはしねーよ。もしも立花《たちばな》を落とせたらお前に弟子入りしてやるわ』

「ふざけたこと抜かすな。夏休みが終わったら弟子としてこき使ってやるから覚悟しとけ」

『楽しみに待ってるよ。んじゃ、お大事に』

「――あぁ」

スマホを下ろすといつの間にか足が止まっていることに気がついた。

頭上の街灯がちかちかと、モールス信号のようにメッセージを運んでくる。

そんなのは絶対にありえない。立花の理想の男はこの俺だ。じゃなかったら今日だって、家に上がり込んでまで晩飯を食ってる説明がつかない。

絶対に、ありえねぇ。そんなのは――。

僅《わず》かな街灯の灯火《ともしび》が命の終わりを告げ、辺りは暗闇に包まれる。

きっとこの街灯は身をもって、俺にやれと、そう知らせにきたのだろう。

いつの間にか俺は甘ちゃんになっていたようだ。やるときは徹底的にやらなくちゃならない。


そうだ、そうだよ。邪魔なやつは全部――消してしまえばいい。


すぐに計画を立てる。絶対に言い逃れができないような、完璧《かんぺき》なプランで攻め落とす。

連絡先から電話番号をタップして、クラスメイトの女と通話を始める。

「も、もしもし!? あ、新《あらた》くん、急にどうしたの!?」

「高橋《たかはし》か？　夜遅くに悪い。お前に頼みたいことがあるんだが――」


葉っぱ野郎、これでお前もおしまいだ。

# 第九章　腐っても友人

夏休みまであと少し。今日は最後の体育の授業だ。

男子はグラウンドでサッカー、女子はプールで水泳をやっている。立花《たちばな》さんのスク水を拝めないのは残念だが、このあいだ黒ビキニを拝んだからちゃらってことで。

昼飯も終わり、立花さんの罰を受けた甲斐《かい》もあってパワー全開だ。今の俺ならオーバーヘッドシュートだって打てる気がする。気がするだけで絶対打てないけど。

「葉《よう》、一緒のチームだな。頑張ろう」

「あぁ、陽介《ようすけ》。サッカー部のお前が頼りだよ」

「お前も頑張れよ」

「サッカーはどうも苦手なんだよね。俺には転がってきたボールをおもいっきり蹴《け》るくらいしかできないと思う」

「いいか葉。シュートが決まるかどうかじゃなくて、大事なのは決めたいって気持ちなんだよ。そういうのがチームに伝わってチカラに変わるんだ」

「はずしても文句言わない？」

「言うわけないでしょ。俺がいい感じにパスするから、入れるつもりで蹴ってみな？」

「うん、やってみる」

なんだか今日はいけそうな気がする。いや、メンタリスト陽介にその気にさせられただけか。

陽介との談笑もそこそこに、試合開始のホイッスルが鳴った。

さすがは陽介だな。体育の授業では俺みたいな素人《しろうと》が多く混ざる試合の中、みんなが活躍できるよう的確に指示して戦況をコントロールしている。

陽介の実力なら個人プレーでガンガン得点することもできるはずなのに、力を誇示する様子もなく上手《うま》い具合にパス回しをしている。

しばらく試合は進み、ゴール付近にいた俺に絶好のチャンスが回ってきた。

「葉！　打て！」

陽介から送られるボールに意識を向けつつ、ゴールまでの導線を確認した。敵はいない。

そして相手キーパーの動きに注視する。

特徴はハゲ。いや、この間のプールで日焼けした黒光りハゲ。そんなやつは一人しかいない。

新《あらた》は中学時代、凄腕《すごうで》のキーパーで地元でも有名だったらしい。素人の俺がボールを蹴っても止められるのが落ちだ。と、普段の俺なら諦めモードだったかもしれない。

だが陽介は言っていた。

〝大事なのは決めたいって気持ちなんだ〟

──今日は新《あらた》にぎゃふんと言わせてやる。


喰《く》らえやコラァぁぁぁ!!


俺は思いっきりボールを蹴《け》り飛ばした。放ったボールはものすごい勢いで一直線に新へ迫る。

くそ……勢いはあるがコントロールが全然ダメだな。これじゃさすがに止められる。

ドスッと、鈍い音が響き、新はタイミングもバッチリに俺のボールを腹で受け止めた。

かに見えたその直後──。

「う……うぷっ……お……おぇぇぇぇぇぇぇぇ!」

新はゲロを吐き出しながら、ゴールに向かって後退した。

ゲロストライクシュートが決まった瞬間だ。

初めて見た。もしかしたら一生拝めないかもしれない。

周囲からは心配する声とともに、馬鹿みたいに弁当食い過ぎるからだという声が漏れ出た。

俺は実際に中身を見たことがないけど、やっぱり凄《すご》い愛情弁当らしい。

「ごめん新……大丈夫?」

「はぁ、はぁ……さすがに食いすぎた……葉《よう》、ちょっと肩貸せ」

「え、ゲロつきそうだからヤダ」
「て、てめっ！　とりあえず保健室まで連れてけやこらっ！」
「わかったよ。でも肩掴《つか》むのはゲロが付いてない左手でお願いね？」

新を保健室に連れていくと、着替えをロッカーから取ってくるように頼まれた。俺は教室前の新のロッカーの前で立ち止まり、ダイヤルを回し始める。

え〜っと、言われた暗証番号はっと……お、開いた開いた。扉を開くとデカ過ぎる風呂敷がお出迎え。これが噂《うわさ》の巨大弁当か……改めて見るけどこれは凄い。こんだけ食ったらゲロを吐くのも頷《うなず》ける。

風呂敷の中を覗《のぞ》きたい欲求を抑えつつ、新に言われたとおりカバンから着替えを持ち出して保健室まで届けた。

ベッドに横たわる新は少しスッキリした顔をしていた。陽介《ようすけ》はこの間苦しそうにしてるとか言ってたけど、今はそんな感じは微塵《みじん》もない。

気になることと言ったらさらに太ったことくらいか？　顎《あご》の辺りが少し怪しい。これが俗に言う幸せ太りってやつか。羨《うら》ましいやつめ。

◇

次の6限目は選択科目だ。音楽か美術、それぞれ各教室に移動することになっている。

俺と陽介《ようすけ》は美術を選択してるから一緒に美術室に移動した。ちなみに新《あらた》はまだ保健室だ。

「ねぇ、陽介は夏休みなんか予定あるの？」

「俺はほとんど部活だよ。ほかに決まってるのは親戚の家に行くくらいだね」

「ふーん……大変だなぁ運動部って。貴重な夏休みまで部活漬けなんてさ」

「好きでやってることだからね。今はサッカーができるだけで楽しいよ。葉《よう》は？　なんか予定あるの？」

「ベッドでごろごろするという重要な予定があるくらいかな」

「それは予定って言わないからね」


陽介と談笑しながら待っていると、スマホを持った立花《たちばな》さんが俺たちのところにやってきた。

珍しい……いったい何事か。

「笹嶋《ささじま》くん……ちょっとお話いいかな？」

「ん？　なに？」

「あの……ちょっと廊下で、ね？」

「……うん、わかった」

陽介と立花さんは二人揃《そろ》って美術室を出ていく。

何を話してるんだろう……めっちゃ気になる。いや、ま、まさか……授業前に愛の告白か⁉

とうとう新が見放されるときが……。

場合によっては俺はこれから陽介を相手に戦わなくてはならないのか？

全然勝てるビジョンが見えないんだが……。


不安を抱きながらあれこれ妄想している間に二人は戻ってきた。

「そんな心配そうな顔しない。そういうのじゃないから」

「し、心配なんてしてないわ！　そ、それで？　なんの話だったの？」

「おしえなーい」

「よ、陽介ぇ……教えてよぉ……ますます気になるじゃんか」

陽介のお口はダイヤモンドのようだ。

チャイムの音とともに先生が教室に入ってきて授業が開始する。少し遅れてから新も教室に到着。見た感じ、もう体調は大丈夫そうだ。

「今日から人物画のデッサンの授業に入りたいと思います。各自二人一組になってください」

先生から指示を受け、俺は目の前の席にいる陽介とペアになろうと思っていると、また立花さんが俺たちに近づいてきた。

なんだ、また陽介《ようすけ》に用事か？　もしかして、陽介とペアになりたいとか……。

陽介はそういうのじゃないとか言ったけど、どうしても気になる。俺が目の前のぷっくりした唇の動向を窺《うかが》っていると、発せられた名前は陽介でも新《あらた》でもなかった。

「葉《よう》くん、一緒にやろ？」

「え……いいの？」

マジか。立花《たちばな》さんがペアになってくれるとか最高なんだが。今まで教室では話しかけてこなかったのに、今日は突然どうしたんだろう。

まさか……ゲロを吐いたハゲ。略してハゲロに嫌気が差したとか。

そんな妄想に浸っていると新がやってくる。

「立花、俺とやろうぜ」

くそ、新め。せっかく立花さんが俺を誘ってくれたのに。まぁ……彼氏だから仕方ないか。

そりゃそうだよな。

俺がウキウキモードから諦めモードに移行作業を開始した直後、立花さんは意外なことを口にする。

「ごめんね進藤《しんどう》くん。私、美術の授業だけは本気でやりたいの。今回は人物画のデッサンでしょ？　そうなると髪の毛一本一本の繊細なタッチが評価されると思うんだよね。そうするとほら、進藤くん……髪の毛ないからなかなか厳しいと思うの」

「………」

あれ、ハゲ頭は立花さん公認かと思ったけどそんなことなかったのかな。いや、言葉どおり単純にデッサンのモデルに向いてないからハゲが却下されただけか。それで立花さんは俺を誘ってきたと。

あー、髪の毛フサフサでよかった。

新からは苦悶《くもん》の表情が滲《にじ》み出ている。なんだかちょっとかわいそうになってきた。これがスキンヘッドの弊害《へいがい》か。

そんな新にも手を差し伸べる救世主が現れる。

「一緒にやろう新」

「よ……陽介……おまえ……」

「だって髪の毛ないから簡単そうだし」

「おいコラてめぇ！」

二人がわちゃわちゃしていると、先生がやってきて強制的に組まされていた。新はとりあえず立花さんの言い分に納得したのか、立花さんとペアになることを諦めたようだ。

そんな一問着《ひともんちゃく》が終わり、俺の目の前には学校一の美少女がいる。

俺はこう見えて絵は得意なほうだ。中学の美術部で磨きをかけた俺の実力を見せてやる。部活では好きなように描かせてもらってばっかりだったから、デッサンは授業くらいでしかやったことないんだけどね。

こんな一流モデルを相手に描けることなんて今後一生訪れないだろうし、この機会を大切にしよう。

最初は俺が描き手に回って授業を進めることにした。

「皆さんいいですか？　モデルになるほうも描き手の気持ちになってくださいね」

先生から全員に指導が行き渡る。

この授業にはそういった側面もあるのか。確かに、途中で動かれたり変な表情をされたら描きづらいだろう。何かを考えながらモデルに徹することで、少し退屈も紛《まぎ》れるだろうし。

俺は立花《たちばな》さんにポーズの指示を出した。

「それじゃあ立花さん。そこの出窓に右肘《ひじ》をついて、ほんの少しだけこっちに顔を向けてね。表情は少し笑顔で……そうだなぁ、電車の窓から景色を眺めている気持ちでお願いします」

「えーっと……こんな感じ？」

「もうちょっと右足を出して……腰を落として窓に寄りかかる感じで……あっ、そうそう、そんな感じで」

ん～、セクシー。改めて思うけど、ボディラインが美し過ぎる。

描くのは上半身。立花さんのしなやかさを最大限に表現してやる。

鉛筆を持ちながら対象をじっくりと観察する。大まかな骨格と輪郭《りんかく》線を描き、画用紙とのバランスも考えながら描き進めた。

一見何も問題は起こっていない。そう周りからは思われていることだろうが、そんなことはないのだ。全然集中できない。これには明確な理由がある。

「あの、立花さん……」

「なに？　葉《よう》くん」

「こっち見ないでもらえます？　目線は窓際のほうで」

「そしたら葉くんのこと見れないじゃん」

あなた今モデル側なんですが。見る必要ありますかね？

これじゃあいつまで経っても目が描けないんですが。このまま描いたら目がこっち見てる怖い絵になっちゃうよ。

立花さん、ちゃんと描き手の気持ちになってください。

それにしても綺麗《きれい》な髪だな。目もキラッキラしてる。唇はプルップル。ドキドキしてきちゃう。って、いかんいかん。

欲情を抑えつつ再び鉛筆を動かしていくのだが、すぐに集中できなくなってしまう。そんなことを何度も繰り返していた。

おっぱい大きいなぁ……眼福眼福。

そう、これはあくまでも授業なんだ。本人を目の前におっぱいをガン見しても唯一許される至福の時。言わば公認覗《のぞ》きだ。しっかりとこの目に焼き付けてやる。


——ふぅ、とりあえずおおまかな形はできた。

今回の授業はもう終わりだが、次回以降で完璧《かんぺき》に仕上げよう。

そういえばこれ、夏休み跨《また》ぐのか。モデルの人は羽目を外して太らないようにね。

ポーズを解いた立花《たちばな》さんは俺の隣に寄ってきて、画用紙に描かれた人物画を見るなりとんでもないわがままを口にする。

「葉《よう》くん、この絵ちょうだい？」

「いや、何言ってるんですか。ダメですけど」

この絵を今あげたら俺の美術の成績が最低評価になってしまいますので。

どうしてもと言うなら、デッサンの提出が終わったあとなら考えてあげなくもない。


というかですね。この絵……まだ瞳、描いてないですよ？

◇

今日の授業は全て終わり、残すはホームルームのみ。

帰ったら何やろう。久しぶりに絵でも描こうかな。

席に着いて待っていると、男性担任の石崎《いしざき》先生が教壇に立った。

この先生、かなり緩いから今日も適当な挨拶《あいさつ》を交わして終わりだろう。そう思ったのだが、なんだか今日は纏《まと》う雰囲気が違う。

「全員、カバンを持って席につけ」

普段とは全く違う口調と声音《こわね》に困惑する。お喋《しゃべ》りに夢中だったクラスメイトたちは静まり返った。

全員がカバンを持ってきて席に着くと、話の続きが始まる。

「今日の体育の授業中……ある生徒のカバンから盗難があったと報告を受けた。誰のカバンから何が盗まれたのかはあえて言わない」

穏やかでない、突然の盗難事件の知らせにクラス中がどよめく。カバンを持ってくるように指示されたが、それはこれから荷物検査が始まることを示唆《しさ》していた。

静かにと、一言発してから先生は続ける。

「俺は別に、全員のカバンを確認するなんて野暮《やぼ》なことはしない。プライバシーの問題があるからな。それにここで犯人を吊《つる》し上げることだってしない。被害者の意向で警察沙汰《ざた》にはしたくないとのことだ。だが……もしこの中に盗《と》ったやつがいるのなら、目の前にあるカバンを見ながらよく、俺の話を聞け」

普段緩い先生だからこそ響く、その力強い言葉の節々。この場の全員が、まるで我が身のごとく聞き入っていた。

「まだ子どもだからって何をやってもいいなんて思うなよ。お前はもう法律で罰せられる年齢まで年を重ねたことを忘れるな。内心、俺がカバンを確認しない、犯人を吊し上げることはしない、警察沙汰にはしないと聞いてホッとしたか？　そんな甘いことが起きるのは学生のうちだけだ。いつか絶対に痛い目を見るからな。それだけは一生……忘れずに覚えておけ」

そういうと石崎《いしざき》先生はカツカツと、黒板に数字を書いた。

「これが俺の携帯番号だ。名乗り出る覚悟があるならいつでも電話をかけてこい。以上、重苦しいムードは嫌いだから今日はこれで解散！　……さーて、今日は牛丼食いに行こーっと」

パンッと手を合わせると、先生の話はそこで終わった。なんとも緩い締め方である。これでホームルームは終わり、そう思ったところで髪の毛がない一人の男子が手を挙げた。

「せんせ〜、いくらなんでも甘くないですかぁ〜？　相手は犯罪者ですよ？　ここで徹底的に潰《つぶ》しておかないとまた同じこと起きますって。先生も自分で言ってたように、学生だと見逃されるってことですよね？　俺嫌ですよ？　自分がいつ被害者になるかたまったもんじゃないですし」

新《あらた》の言葉に再びクラスがざわめく。確かにと、賛同する意見がちらほらと上がった。

新の言うように、本当に盗った人がこのクラスにいたとして、反省しているかどうかの確証が取れているわけじゃない。

全くの無実の人、カバンを見られても問題ないと思っている人にとっては、納得のいかない結末かもしれない。

「進藤《しんどう》の意見もわかる。だがお前たちはまだ1年生だ。その生徒が悪いことをしたのは事実だが……この先の高校生活を全て台無しにすることにも成りかねない。俺はやり直すきっかけを与えたいと思ってる」

「ほんと、先生は甘いですね。もういいですよ。俺、わかったんですよ。犯人が誰だか……」

人前で話すことに動じないリア充は、クラスを掌握《しょうあく》する技にも長けている。場は完全に新が支配した。そして全員が新の顔を見ている中、当人の視線は一点に向かって動き出す。その指し示す一人の生徒は……。

「葉《よう》、てめぇだろ」

——この俺だった。

◇

クラス中の視線の先は新《あらた》から俺へと移動する。チクチクと痛みを感じる嫌悪の眼差《まなざ》しが四方八方から飛んできた。

何を言ってんだこいつは。

疑われると思ってもみなかったことから動揺し、僅《わず》かに反応が遅れてしまう。そんな俺の様子に新は鬼の首を取ったように高らかに説明しだす。

「ほらみろ、めっちゃ動揺してんじゃん。ちょっと前から様子見てたけどさぁ、明らかに目が泳いでたんだよなぁ」

「いや、あらぬ疑いをかけられて動揺しただけだよ。というかそんな証拠もないくせに疑うとかさすがに酷《ひど》くね？　俺が犯人だっていう証拠はなんだよ」

「今日の体育の時間に盗まれたって先生言ってただろ？　授業中に抜け出したのは体調を崩した俺と付き添いのお前だけだ。俺が着替えを取ってくるように頼んだときについ、出来心で盗《と》っちまったんだろ？」

「いや、そんなこと言ったら新だってこっそり保健室から抜け出してたかもしれないじゃん」

「俺はお前が保健室に送り届けてから体育が終わるまで、一歩も保健室から出てない。そこんとこは保健室の先生に訊《き》いてもらえばすぐにわかることだ。おまえと違ってちゃんとアリバイがあるんだよ」

恐らく嘘《うそ》はついていないんだろう。もしもこのクラスに犯人がいるのなら、真っ先に疑われるのが俺なのは理解した。

だがこんなものは物的証拠でもなんでもない。

「そんなの状況証拠だけじゃん」


俺がその一言を発した瞬間——待ってましたと言わんばかりのにやけた表情が露《あら》わになる。

「じゃあこの場でカバンの中身、全部見せてみろよ。それで何もなかったら土下座でもなんでもしてやるよ」

「言ったなこの野郎。ただの土下座じゃ許さないから。焼き土下座だ焼き土下座」

俺はカバンのチャックに手をかけたとき、違和感に気がついた。

これ……もしかして誘導されてるんじゃないかと。

バッと勢いよくチャックを開けて、カバンの中身を机にぶちまけようとしていた自分を律した。

チャックを少しだけ開けて、自分だけが見えるように中身を確認してみる。

なんだ……これは……。

俺のカバンに入っていたのは──黒いレースをあしらったブラジャーだった。

このときに初めて、被害者が女子で盗まれた物が下着であるという事実を知ることになる。

体が硬直し、心拍数が跳ね上がる。俺は悟られまいと必死に冷静な表情を作るが、新《あらた》はさらに追い討ちをかけてくる。

「あれ？　あれあれ？　どうしたのかな？　どうしたのかな？　早く見せなよ〜」

あれだけ俺が強気に出た態度から一転したことで、クラス中の疑いの目はより一層激しさを増す。

俺のカバンに下着が入っているのは紛《まぎ》れもない真実。

だがこれだけは自信を持って言える。

俺は盗《と》ってない。

ならなんでこのカバンに下着が入ってるのか。

この状況で考えられる可能性の一つ。

新──お前が入れたのか？

隣のロッカー同士だから俺の暗証番号を盗み見てたのか、それとも誕生日で設定していたから推測できたのか。

どっちにしても新が犯人の可能性は十分考えられる。

嵌《は》められた。

こうなったら言い訳を考えるしかない。

そう思ったところで、新から逃げ道を塞《ふさ》ぐ一手が打たれる。

「あっ、前もって言っとくけど、よくいるんだよなぁ～。こういう状況で自分のカバンから盗品が見つかったときに『自分じゃない。誰かに入れられたんだ』とかいうやつ。あれってくそダサい言い訳だよなぁ～。そう言えば逃げられるとでも思ってるんだろうな」

完全に退路を断つ一撃に、俺はすぐに返答することができなかった。

もう犯人は俺で決まり、そんな空気が教室を覆った。

少しずつ、周囲がざわつき始める。

そして女子たちからひそひそと、「中学時代に下着を盗んだって本当だったんだ」という声が漏れ出ていた。

俺に対してあらぬ噂《うわさ》が広まっているようだ。このときに初めて、今まで女子から受けていた嫌悪感の正体がなんとなく判明する。

もしかしてその変な噂《うわさ》は新《あらた》……お前が流してたのか？


俺はしばらく黙って考える。

どうすればこの状況を切り抜けられるのかと。

その間にも誰が言っているのかわからないほど、気持ち悪いだの、やりそうだの、最初から怪しかっただの……各々《おのおの》が好き勝手に発言して、もう俺が犯人だと決め付けていた。


しばらくして俺が出した結論は——諦めだった。


この空気を一変させるだけの技を俺は持ち合わせていない。

この下着を出してあとはひたすら、ただやっていないと、そう言い続ける未来しか見えなかったから。

新の嘲笑《ちようしよう》するような表情が脳裏に焼き付く。

このどうしようもない状況で、あえて見ないようにしていた立花《たちばな》さんの姿を確認してみる。


——俺のことなんて、見ていなかった。

あなたのことなんてもう、どうでもいいですと言わんばかりに、無関心な表情で、ただ俯《うつむ》きながら……長い髪を右耳にかけた。

俺の高校生活はもう、終わったんだ。


立花さんと最近いい感じになれたと思ってたのに……。

それもこれも今日、この瞬間で全て終わりだ。

俺は希望の見えない未来を見据《みす》え、カバンに手を突っ込みブラジャーを引き上げ——。


「葉《よう》!!　ちょっと待て！」


突然、大きな声を上げたのは陽介《ようすけ》だった。溜まっていたものを吐き出すような声音《こわね》にびっくりしたのか、教室は再び静けさを取り戻す。

この状況で唯一、まだ俺に救いがあるとするならば……もう陽介に頼るしかいない。

だけど……さすがの陽介でもこの状況を覆すのは無理だろう。

これは僅《わず》かばかりの延命に過ぎない。

「なんだよ陽介、邪魔すんな。もうわかるだろ？　こいつの反応を見れば犯人だってさ」

「別に盗品が中に入ってるから見せたくないとも限らないでしょ。葉《よう》も勢いで見せようとしたけど、冷静に考えたら見せたくないものが中に入ってたって場合もあるだろうし」

「例えば？」

「男子高校生なら大体想像つくでしょ、そんなの」

「わかんねぇ、わかんねぇーなぁ」

「なら新《あらた》、お前は自分のカバンの中身を見せられるのか？　葉に見せてほしいならまずは自分から見せてみなよ。話はそれからだ」

「んなもん余裕だよ」

そういうと新はカバンのチャックを勢いよく開けた。見られて困るものなど何もない。

そういう自信の表れなのだろう。

そのままカバンをひっくり返すと、全ての荷物が机の上に広がった。


――え……え……？


埋もれたメンズ用品たちの最上部、恐らくカバンの一番底に入っていたであろう物体。

ふわりと舞い降りたのは――水色の花柄ブラジャーだった。

誰もこの状況が理解できない。

カチカチと、壁掛け時計の秒針の音だけが教室に響く。

10回鳴ったところで、沈黙を破ったのはそのブツの一番近くにいる当人だった。


「……は、はぁぁぁ～!?　なんで、なんで俺のカバンにこれが入ってるんだよぉぉぉ!?」


さっきまでの勝ち誇った表情から一変。

新の顔色が面白いほどに青ざめていく。

新は勢いよく立ち上がると、俺に向かって指を差し声を荒らげる。

「よ……葉！　てめぇだろ！　てめぇが盗んで入れたんだろぉ!?」

「いや、入れてないけど……というか、盗品が下着だなんて誰も言ってないと思うんだけど……」

「う、うるせぇぇ！　話をすり替えるなぁぁぁ！」

新はさらに声を荒らげた。

すると陽介《ようすけ》から即座に反論が飛ぶ。

「新さぁ……自分で言ったこと忘れてるわけじゃないよね？　『〝自分じゃない。誰かに入れられたんだ〟とかいうやつ。あれってくそダサい言い訳だよなぁ～。そう言えば逃げられるとでも思ってるんだろうな』って、言ってたの、新だよね？」

恐らく一言一句違わぬであろう新《あらた》の言動を、リピート再生するかのように口に出す陽介《ようすけ》。

もうどうしようもなくなった新は……。

「ぐ……ぐ……お、お、俺は、俺は知らねぇぇ！　俺じゃねぇぇぇ！」

悲痛な叫びを発すると、うな垂れるように腰掛けた。

俺たちの決着を静かに見守っていた石崎《いしざき》先生は一言、新にこう告げて幕を閉じる。

「進藤《しんどう》、すぐに進路指導室に来い」

◇

先生が新を連行したあと、俺はすぐに陽介のもとに駆け寄った。

本気で泣きそう。

本気で惚《ほ》れそう。

「よ……陽介ぇ……マジで助かった……。今夜だけ、今夜だけはお前に抱かれてもいい」

「だからそれはやめて。これに懲《こ》りたらもう学校にエロ本持ってきちゃダメだよ」

「え……あ、はい。すんません」

どうやら俺の普段のキャラが功を奏したようで、勘違いしてくれたみたい。

今はもうそういうことでいいや。

「じゃ、俺は部活行くから。気をつけて帰りなよ」

「うん、ありがとう……」

陽介のカッコいい背中を見送ったあと、改めて未解決事件の捜査に入ることに。

カバンの中の黒ブラジャー。

あれはいったいなんだ。

教室の壁際に寄り、誰にも見られないようにしながら改めてブツを確認してみる。

これはれっきとした捜査だ。

やましいことは何もない。では、失礼します。

タグを拝見、F70。


F……でか、Fか……え、いや、まさか、Fって……。


「ねぇ葉《よう》くん」

「ひゃい！　な、なんでしょう」

慌ててブツをカバンに押し込んだ。

今見られたかも。

こんなときになんでしょうか、Fさん。

「その……それ、お弁当箱を回収するときに間違って入れちゃったみたいで……か、返してほしいなぁ～……なんて」

「は……はい、あの、はい……」

俺がカバンの口を広げると、高速でブツを抜き取り、逃げるように去ってゆく。

立花《たちばな》さん、あなたのせいで俺、いろいろ死ぬとこだったんですからね？

というか間違ってブラが入る状況ってなに？

意味がわかんないんですけど……。


立花さんと入れ替わるように俺の肩を叩いてくるのは藤沢《ふじさわ》さん。

「よかったねー、よーちん」

「全然良くないよ。俺、下手《へた》したら高校生活詰んでたとこだったんだから」

「だからだよー。あいがいなかったら、今頃そうなってたとこなんだから」

「え、どういうこと？」

「ん～……」

藤沢さんは少し言いづらそうな表情を浮かべたあと、「あっちのことなら言ってもいっか」とボソッと呟《つぶや》いた。

「よーちんに変な噂《うわさ》が流れてたの、もう気づいてるでしょ？　あれ、あいがデタラメだって、ずっと訂正して回ってたんだよ？」

「え……そうなの？　でもどうして立花さんがわざわざそんなことしてるの？」

「ありゃ～……そうとう手強《てごわ》いなこれは。あいも大変だわ。よーちん、そっから先は自分で答えを見つけてね～」

そう言うと藤沢さんは立花さんが走り去ったほうへ向かっていった。

どうやら回答はくれないらしい。

俺は立花さんと出会ってから、今日まであったことを振り返りながら答え探しの旅に出た。

もしも、もしも新《あらた》と付き合ってなかったと仮定しよう。

そういうコトなんだろうか。そう、浮かれて考えてみてもいいのだろうか。

立花さんは俺のことが好き――そう、自惚《うぬぼ》れた答えに辿《たど》り着いても――いいのだろうか。

――え、待てよ。じゃあ、あの彼氏《ハゲ》はなんですか？

◇

あれから3日ほどが経ち、俺は平穏な高校生活を送っている。

今まで女子たちから受けていた嫌悪感のある視線は、あの盗難事件以来感じることはなくなった。

どうやら新《あらた》の信用が落ち、俺のネガキャンをしていた事実が広まったことが、誤解が解けた要因らしい。

数名のクラスメイトからは、罵ったことへの謝罪を受けたことで気持ちがだいぶ晴れた。

反対に新がどうなったのかというと、あれ以来クラスで孤立した状態が続いている。でっち上げた悪評を陰で広めたという点が大きく影響しているようだ。

ちなみに盗難事件の件だが、結局新が盗んだ証拠は見つからず、被害者も新のことを強く庇《かば》ったことで事件はうやむやに終わったらしい。


俺は新の現状、そして今後の新との付き合い方に悩み、ずっと悶々《もんもん》とした3日間を過ごしていた。新には抜け駆けされたときに友達でいようと言われたが、今回の件で考えを改める必要があるのではないかと……。

陽介《ようすけ》に相談しようとかと何度も考えた。でも、陽介もこの一件に絡んでいる手前、その原因を作った一端が自分自身にあるとか、そのせいで俺が悩んでしまっていると捉《とら》えてしまう可能性を拭いきれない。

だからなかなか話を切り出せずにいた。


そんなことをずっと考えているとモヤモヤが晴れないし、筋トレする気力も起きない。

今日は早く寝ようかな。なんか俺、スーパードクター時間先生に頼り過ぎてる気がする。

リビングに入ると今日も武田《たけだ》さんが来ていた。

「佐原《さはら》くん、おかえりなさい。少し早いですがご飯できてますよ」

「ただいま。じゃあいただこうかな」

スパイシーな香りが部屋に広がっているから、カレーだとすぐにわかった。テーブルに着いてパクッと一口。

うん、美味《おい》しい。

「美味しいよ。今日もありがとね」

俺がいつものように感想を伝えると、武田さんはもの哀しい顔をした。普段はあまり見ないその表情に、俺は少し困惑してしまう。

「……美味しくなかったですか？」

「い、いや、いつもどおり美味しいよ？」

「そうですか……なんか思っていた反応と違かったので……すみません。忘れてください」

武田《たけだ》さんにそう言われて初めて気がついた。いつもとは全く違う香りに味。

この間お願いしてたスパイスカレーだった。

こんなことにも気づかないなんて、俺はどうかしてたみたいだ。何がいつもどおりだよ。

「ごめん！　ちょっとぼ〜っとしてて今気がついた……せっかく作ってくれたのにこんな感想あんまりだよね。最低だわ俺……」

「……何かあったんですか？」

俺は「なんでもないよ」と答えた。けど返答までの僅《わず》かな間を武田さんは見逃さなかった。

俺が嘘《うそ》をついてることを。

「佐原《さはら》くん……言いたくないことは言わなくていいです。それがどんな事情だって私は深く聞いたりしません。でも――」

武田さんは力強く俺を見つめてきた。潤んだ瞳は真剣さを物語っている。こんな表情の武田さんは珍しい。一緒に過ごす日々の中で、いろんな顔を見せてくれる。

そして、落ち着いたその声音《こわね》は俺の心に優しく語りかけた。

「辛《つら》かったら、辛いって言ってください。ただ、それだけでいいですから……」

ただ優しいだけじゃないその言葉。弱音を吐いてもいいんだと思えるだけで心が軽くなってゆく。

なんだか不思議。友達のはずなのに、家族みたいだ。

「……ありがとう武田さん。少し気持ちが和らいだ……もう大丈夫だよ」

「そうですか。佐原くん、ご飯を食べ終わったらゲームをやりましょう。あれやってみたいです。この間美紀《みき》ちゃんとやっていたトモ太郎電鉄」

武田さんからゲームをやろうなんて提案をされたのは初めてだ。俺を気遣って遊びに誘ってくれていることはすぐにわかった。本当に、優しい女の子だな。

「いいよ。じゃあさ、その前に……一緒にカレー食べよ？」

「はい！」

元気よく笑顔で応えた武田さんとスパイスカレーを堪能《たんのう》した。さっきよりも美味《おい》しく感じる。

今度はしっかりと味わって、ちゃんと感想も忘れずにね。

◇

カレーを食べ終わると、武田さんとソファに座ってテレビゲームの画面を起動した。

トモ鉄は難しい操作も必要ないから、老若男女だれでも楽しめる大人気のすごろくゲームだ。

「武田《たけだ》さんはトモ鉄やったことある？」

「いえ、ありません」

「簡単に説明すると、サイコロを振って出た目の分だけ好きなマスに進めるのね。指定された目的地を目指しながら、物件をどんどん増やしていって最終日に一番資産を持っていた人が勝ちっていうゲームだよ。細かいことはやりながら説明するね」

「はい、楽しみです」

武田さんは少しソワソワしながらコントローラーを握ってる。可愛いな。


期間は3年で、武田さんに説明しながらゆっくりとゲームは進んでいく。

「やりました！　目的地です！」

「武田さん、サイロコの出目良すぎじゃない？」

「ふふふっ、このまま1位でゴールしちゃうかもしれませんね」

武田さんはソファの上で体を弾ませながら喜んでいる。だがここで残念なお知らせをしなくてはならない。

「ははは、武田さん。甘いよ、甘すぎるよ。トモ鉄の真髄《しんずい》はここからだよ」

そう、最初の目的地に着いてから現れるトモビー。こいつをなすりつけ合いながら目的地を目指すのがこのゲームの核なのだ。サイコロを振ったあとにトモビーを連れていたプレイヤーは、お金を貸してと要求されあり金をふんだくられてしまう。

ちなみに貸したお金は返ってこない。

このゲームでの教訓は『友達にお金を貸してはいけない。貸すならあげるつもりで』。

「あっ、これが前に美紀《みき》ちゃんと遊んでいたときに騒いでたキャラクターですね」

「そうそう、目的地から一番遠いプレイヤーに引っ付いてくるから、すれ違ってなすりつけてね」

「わかりました」

その後、ＣＰＵが目的地に到着すると一番遠かった武田さんにトモビーが引っ付いた。きらーんと、武田さんの目が光った気がする。いやな予感しかしない。

「佐原《さはら》くん……近くにいますね」

「き、気のせいだよ武田さん」

「さっき手に入れた特急カードを使います」

武田さんはサイコロを同時に3個振れるカードを使用した。出目は合計13だ。

「いやぁ～！　来ないでぇ～」

はい、トモビーをなすりつけられた。くそ、容赦《ようしゃ》ないな。でもこの距離ならまだいける。

そう思ったが運命とは非情なるもの。

トモビーの様子がおかしい……。

「まさか……やめて……お願い……」

「どうしたんですか？」

まだこのトモビーの特性を知らない武田《たけだ》さんは、テレビ画面に向かって祈りを捧げる俺の奇行に疑問符を浮かべている。だが特殊な画面に切り替わると少し事情を察したようだ。

そう、トモビーがキングトモビーへと進化したのである。

「うわぁ〜、マジかぁ……」

「おっきくなりましたね。どうなるんですか？」

「借金じご……いや、幸運がやってくるよ。ということで武田さん。よろしく」

「いま借金地獄って言いかけましたよね。いやです。来ないでください。うんちカードです」

「そこにうんちはダメぇぇぇぇ！」

トモビーのなすりつけ合いでゲームはドロ試合化。だがなんとかギリギリで勝利を収めた。

まれに見る低レベルな戦いだった。

「はぁ、はぁ……なんとか勝った……」

「ふふふっ……ふふふふふ……」

武田さんは突然笑い出す。負けたのにめっちゃ嬉《うれ》しそう。

まるでこの結果を望んでいたかのように。

「どうしたの？」

「ふふ……いえ、佐原《さはら》くん楽しそうだなーと思いまして」

武田《たけだ》さんに言われるまで、すっかり忘れてた。

自分の気持ちが沈んでいたことを。

何をしてても、心の引っかかりをずっと感じてたのに。

きっと、武田さんはこれが狙いだったのだろう。

俺の溢《あふ》れた感情が、心の底から感謝の言葉を送り出した。

「武田さん……俺と友達でいてくれて、ありがとう」

「……はい。こちらこそ、ありがとうございます」

俺の中で、一つの答えが出た。


友達として、俺があいつに何をしてやれるのかを――。


玄関から明るい声が聞こえてくる。美紀《みき》が帰ってきたようだ。

「美紀ちゃん、おかえりなさい」

「あっ!?　トモ鉄やってる。私も3Pでやる～」

「こら美紀、武田さんの前で3Pでやるとか言わないの」

「お兄ちゃんはいつも1Pだもんね〜」

み、美紀め。余計なことを言うんじゃない。

今に見てろよ。今年こそは彼女を作って、絶対に2Pをやれるまで頑張るんだからね。

◇

終業式の日、明日から始まる夏休みに全員の気持ちが浮き足立つ。そんな中で俺は一人、緊張の面持《おもも》ちでそのときを待った。

朝のホームルームに石崎《いしざき》先生から許可を貰《もら》い、俺は教壇に立つ。

少しだけ高さのある場所から見下ろす教室は、後ろの席までしっかりと見渡せた。突然の出来事にクラスの視線は俺に集まるが、この間のような嫌な感じはしない。

ふーっと、一息ついて気持ちを落ち着かせてから話を切り出した。

「みんなにお願いがある」

少し間を置いたあと、藤沢《ふじさわ》さんが「なーに？」とクラスを代表するかのように返事をする。

「お願いっていうのは、新《あらた》のことなんだ」

「……あ？　なんだよてめぇ。おちょくるつもりかよ。調子に乗んな」

つんけんと、俺を払いのける言葉が投げかけられる。

だが俺は気にしない。

「佐原《さはら》がこれから言うこと、なんとなく想像がつくよ。でも佐原は本当にそれでいいの？　だって、佐原が一番の被害者なんだから、もっと怒ってもいいと思うんだけど」

鋭い大澤《おおさわ》さんは、俺がこれからすることに予想がついているようだった。

その質問に答える前に、少しだけ自分のことを語ろうと思う。

「俺さ……父さんの仕事の都合で転校が多かったんだよ。だから友達とかできても、離れ離れになるのが当たり前だったんだ」

ガラッと変わった話題に、みんなは黙って俺に耳を傾けてくれる。

「転校先ではまた一から友達づくりのやり直し。それでたまにあったんだよ。話しかけても無視されるってことがさ」

クラスのよそ者を寄せ付けない雰囲気。きっと、これは誰が悪いとかないのかもしれない。

「その無視をした人たちがどう思ってたのかわからないけどさ。やっぱり傷つくんだよ……人に相手にされないってのは。すごく、辛《つら》いんだよ。だから……」

俺には新《あらた》の今の気持ちがよくわかる。

自業自得かもしれないけど、周りから無視され、いないもののように扱われる辛さが。このまま夏休みに入ったらきっと、こいつはその辛さを思い出すようにこの1か月間を過ごすことになる。

そんなの、俺は望んでない。

「元どおりに接してくれとは言わない。嫌いだと思った人と積極的に絡んでくれなんて言わない。ただ……ただ、無視をするのだけはやめて欲しい。新が話しかけてきたときだけでもいいから、普通に接してやって欲しい」

俺はゆっくりと頭を下げた。

これが今、俺が友達として新にしてやれる精一杯だ。

俺がこの行動をしたのは、一人の女の子から気づかされたから。

友達っていうのは——困ったときに道標《みちしるべ》を照らしてくれる存在だって。

「大澤さん……こいつ、こんなやつだけどさ。一緒にいて楽しかったのは嘘《うそ》じゃないんだよ。たとえもう友達じゃないって言われても……」

ゆっくりと姿勢を元に戻すと、またいつもみたいに立花《たちばな》さんと視線が重なり合う。

「やっぱり、放っておけないよ」

——しんと、静まり返る空気。その僅《わず》かな時間、みんなが何を考えたのか推し量ることはできない。

にっと、口角を上げて口火を切ったのは大澤《おおさわ》さんだった。

「すごいね佐原《さはら》は。あたしだったら絶対に無理だよ。そんな酷《ひど》いことされてまで友達として接するなんて……いいよ、ちゃんと話してあげる。でもこれは佐原のお願いだから特別ね。そこんとこ進藤《しんどう》は勘違いしないように」

女子のリーダー大澤さんが了承したことで、周りからもちらほらと賛同する声が聞こえた。

良かった……いい結果に転んでくれたようだ。

新《あらた》はこぶしを握り込んだまま俯《うつむ》いている。

もしもここで、この空気感のなかで、新が反発の意思を示そうものならば……きっと俺の手にはどうすることもできない状況へ悪化してしまうことだろう。

新もそれを理解して、屈辱のなか沈黙を選択したのかもしれない。

この件はもう、大丈夫そうだ。

よし——それじゃあ、本題に移ろうかな。

今回のことで俺も全く怒ってないわけじゃない。

だから、これだけは言わせてもらおう。

「ありがとう、みんな。あっ、あと一つ言い忘れた。新の好きなAVだけど、『いやん、高嶺《たかね》の花の私は陵辱《りょうじょく》される。咲き乱れる恋の花は散らされた』だってさ。寝取りものが好きな人がいたら一緒に語ってあげてね」

「ちょ、おい！　なにバラしてんだ！」

「1日に3回も抜いたらしい」

「〜ってめぇぇぇぇ！　死ねぇぇぇぇ！」

ゲラゲラ、クスクスと、みんなの声がどっと沸く。

薄暗く、見えない膜が張っていた不穏な空気が取り払われてゆく――。

あー、スッキリした。

## 【新】なる目覚め

俺はいったい、どこで失敗したんだ。

ずっと観察していた俺にはわかる。佐原《さはら》がカバンを覗《のぞ》いたときの、必死に平静を装おうとしていたあの表情。

あれは紛《まぎ》れもない事実で、演技では到底ありえない。確実に焦っていたはずなのに。

だから俺は失敗などしていないと、躊躇《ためら》わず追い討ちを掛けた。

その結果が最悪の事態を招くなんて……。

そもそもが美術室に行く前、俺は確実に佐原のカバンにブラを仕込んだはず。ロッカーの暗証番号だって、佐原の誕生日で開いたことを鮮明に覚えてる。

間違って自分のカバンに入れたなんてことは絶対にありえない。

誰かが佐原のカバンからブラを抜き取り、俺のカバンの底に詰めた。

その可能性しか考えられない。いったい誰が……。

後にわかったことだが、俺のロッカーの暗証番号は女子たちの間で広まっていたらしい。そうなるともう、犯人は誰なのかわからない。

まぁ実際には盗難事件なんて起きていないんだがな。俺が高橋《たかはし》を使ってでっち上げた架空の事件だから。

今回の一件で俺の印象は最悪のものとなった。俺が教室に入ったときの不穏な空気と汚物を見るような目。もう、この学校の女をコレクションに加えるのは難しくなっただろう。

女ってのは本当にわかりやすい生き物だ。周りからの評価、ステータスを気にして格付けをする。立花《たちばな》だって例外じゃない、そう思っていた。なのに……。

どうして、なにごともなかったかのような態度を取れるんだ。

どうして、いつもみたいに弁当を作ってくるんだ。

どうして……どうして、どうして。

立花はほかの女とは明らかに違う。今までの女は俺が何か失敗をすれば、何かと見切りを付けて離れていった。でも……立花だけは違う。

きっとこの女なら、本当の俺を、全てを、受け入れてくれるに違いない。

気持ちが奮い立つ、今までに味わったことがない感情。

この気持ちをどう言葉で表したらいいのかわからない。

絶対に、絶対に誰にも渡さねぇ。

あの女は――俺のものだ。

## ♥【陽《俺》】は介《たす》けたい

「笹嶋《ささじま》くん……ちょっとお話いいかな？」

スマホを胸元で携え、立花《たちばな》は俺にそう切り出す。近づいてくる気配はわかっていたが、用件があるのはてっきり葉《よう》かと思っていた。

呼び出される理由が不明なまま、俺は立花のあとに続いて美術室を出た。そこから少し離れたところにある、階段下の死角へと連れていかれる。

辺りを見回す立花。どうやらあまり人に聞かせたくない話のようだ。

「ごめんね？　急に呼び出して」

「大丈夫だよ。それで、話ってのは？」

愛の告白――なんてことを想像する人もいるだろうが、そんなことは決してありえない。

立花が葉を想っていることは、葉と深く関わりがある者ならば気づいているだろうから。

肝心の当人と、若干1名を除いては、だが……。

「うん……ちょっとね。これから良くないことが起きそうなの」

「良くないこと？　それってなに？」

「葉くんがね？　……大変な目に遭うかもしれないの」

　これから葉の身に何かが起きる。

『だから助けてあげてほしい』

　立花がこれから言おうとしているであろう言葉が脳裏に浮かんだ。だが……それは次の言葉で懐疑《かいぎ》的なものへと変わる。

「だけど……すぐには助けないで欲しいの」

「……どういうこと？　すぐに助けるなって……普通逆でしょ。葉と仲がいい俺に相談してきたのに、ちょっと言ってることがおかしいよね？」

　立花が何をしたいのかがわからない。

　葉を陥《おとしい》れたい。そういう目的ならわからなくもないが……それは可能性としてはとてつもなく低いだろう。

「笹嶋くんはさ……葉くんのこと、ちゃんと大切なお友達って思ってくれてるでしょ？」

「思ってるよ。葉はいいやつだもん。これからも仲良くしたいと思ってる」

「もしも、葉くんをいじめる人が出てきたら……ちゃんと助けてくれるよね？」

　潤んだ瞳から、心からの願いとして伝わってくる。この状況で否定などできるはずもないが、俺には元から否定する気もない。

「もちろん助けるよ。当たり前じゃん」

「ありがとう。笹嶋《ささじま》くんみたいなお友達が葉《よう》くんのそばにいてくれて……本当によかった。私も笹嶋くんと同じように葉くんのこと、す……大切にしていきたいと思ってるの」

立花《たちばな》の表情からは優しく、安堵《あんど》した感情が溢《あふ》れ出る。それが演技ではなく、本心からだということは声音《こわね》を聞いていればわかること。

だからこそ、なおさらわからない。立花の真意が。


「だからね——」


その言葉を境に、立花の顔が一変する。

氷のように、汚物でも見るかのような冷徹な瞳とともに。

きっと人前では見せないであろう、立花の隠れた素顔。

「そんな葉くんをいじめる人が現れたら……私はその人を許したくないの。何も痛い目を見ないまま、何も罰がないまま、これまでどおり葉くんの隣で、平然とお友達のように接して、また懲《こ》りずに葉くんを傷つけることになるかもしれない……」

そこからまた表情を変える。自分の力不足を悔やむかのように。

「ずっと前からね？　女子たちの間で、葉くんの悪い噂《うわさ》が流れてるの。私はそれを聞くたびに、葉くんはそんな子じゃないって。嘘《うそ》だから信じないでって。ずっとずっと……みんなに言い聞かせてきた。それでもね？　そんな根も葉もない噂は途切れなかった。一生懸命頑張ったけど……私の力じゃダメだったの」

葉には何か困ったことがあったらすぐ言うように伝えてはいるが、今のところ何も報告は受けていない。恐らくまだ実害はないのだろう。

だが立花が今言ったことが事実ならば、このまま放置しておくべきではないのは確かだ。

「だから笹嶋くんにも協力してほしい。絶対に葉くんにとって悪いことにはならないから。これがもしも嘘だったら……私は笹嶋くんの言うこと、一生なんでも、何回でも聞くから」

ぎゅっと、スカートを両手で握る。

一生なんでも、何回でも言うことを聞く。たった一つの嘘の対価としては破格の交換条件。

立花の覚悟は充分伝わった。

それだけこの事態をどうにかしたいこと、一生懸命足掻《あが》いていたことも。

「……わかった。だけど、条件は少し変えさせてもらうよ。俺が今から言うたった一つのこと。一生、絶対に叶えてもらう。それができるなら協力するよ」

「わかった。何をすればいいの？」

迷いのない返事。葉《よう》のためならば……全てを投げ打つ覚悟の表れだった。

立花《たちばな》の全てを受け入れる、覚悟の瞳を見つめ……俺は譲れない絶対条件を突きつけた。

「これからも、葉の力になること。それが俺の条件だよ」


立花は目を見開き……今度は反対に目を細めてクスクスと笑い出す。

さっきまでの暗い雰囲気が少しずつ和らいでいく。

「ふふふ……笹嶋《ささじま》くん。それじゃあ、全然お願い事になってないよ」

「……あれ？　確かに」

俺も釣られて笑みがこぼれる。しばらくの間、二人して笑い合っていた。

葉はいったい、立花に何をしたのだろう。


ここまで心酔してしまうほど、狂おしいほどに惚《ほ》れさせてしまうなんて——。


徐々に声が収まってきたところで、俺から本題へと話題を切り返した。

「それで？　俺は何をすればいいの？」

「私が合図するまでは……絶対に何もしないで欲しいの。それから——」

立花から事細かく指示を出される。

考えられる全てのケース。それに対して俺がどう立ち回るべきなのかも含めて。

誰が葉に対してそんなことをしているのか、なんでそんなことを知っているのか、なんで立花はそこまでして——いろいろ疑問だったことを質問したが、立花の口から語られることはなかった。

——一件落着したあとになって思えば、それらを話すことも条件に加えるべきだったと後悔している。

一部については聞かずとも判明したことがあったけど。

あのときの俺は、そんなことはどうだってよかったのかもしれない。

俺は葉を介《たす》けたい。

笹嶋陽介《ようすけ》として、俺にできることならば——。

# エピローグ

ここ最近はいろんなことがあった。ちょっと前までは本当に普通の高校生活だったのに。思い返せば全ては新《あらた》が抜け駆けして、立花《たちばな》さんと付き合いだしてから始まったような気がする。

あの弁当がなければ武田《たけだ》さんとも出会ってなかったし。

もう少しだけ、俺に起こった非日常を紹介しておこう——。


終業式を終え、陽介《ようすけ》たちと遊んでから帰宅した。今日は晩飯の前に風呂に入ろう。

廊下を歩いて直接風呂場に向かっている途中、トレーニングルームの扉に妙な貼り紙があるのに気がついた。なんだこれ。


『この時間帯、葉《よう》の入室禁止』


これは父さんの字だな。なんでまたこんなもの貼ってあるんだ？

この時間帯は武田さんがトレーニングしているはず。

俺は扉に顔を寄せて耳を澄ました。

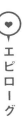

「ふぅん！　ふぅん！　ふぅぅぅん！」

父さんのうめき声だけが聞こえる。ふにゅは聞こえてこない。

ま、まさか父さん……トレーニングルームで武田さんにエッチなことしてるんじゃないだろうな。母さんに言いつけちゃうぞ。これは離婚の危機だ。

俺は堪《たま》らず扉を勢いよく開け放った。

「そこまでだ！　何やってるんだ！　父さんばっかりずるいぞ！」

「何って、筋トレ以外に何がある」

１８０キロのバーベルを置いた父さんが当たり前の答えを述べた。

どうやらベンチプレスをしていただけで、やましいことはなかったようだ。

離婚の危機は回避。よかったよかった。

「あれ、武田さんは？」

「千鶴《ちづる》さまなら30分くらい前にランニングを終えて出てったよ。というか千鶴さまがいたらどうするんだ。入室禁止の貼り紙があっただろ」

「だって父さんが俺に隠れて武田さんに変なことしてるのかと思ったんだもん」

「馬鹿かお前は。俺が変なことしたい相手は母さんだけだ」

「あー聞こえない。聞こえませーん。風呂だ風呂」

両親のそっちの意味でのくんずほぐれつなんてこの世で見たくないもののトップスリーに入る

わ。考えたくもない。

俺は思考を振り切りながらトレーニングルームを出て再び風呂場に向かった。

そう言えば夏休み中は会わないとか言ってたな。それで俺の入室を禁止してたのか。

なんだか徹底してるけど、絶対バッタリ会うだろこんなもん。

脱衣所の扉を開けるために手を掛けようとしたとき、扉がひとりでに開かれた。

「あっ……」


——虎がいた。


バッタリ虎に遭遇した。その虎の生息地はインドでも動物園でもない。リングの上。

タイガーマスクをかぶり、体を隠すようにマントを羽織った人型生物が脱衣所から出てきた瞬間だった。

俺は恐る恐る謎の生物とコンタクトを試みる。

「え……ど、どちら様ですか?」

「……武田《たけだ》です」

「な、何やってるの武田さん。そんなプロレスラーみたいな格好して……」

「この格好なら、佐原《さはら》くんと夏休み中に会ってもダイエットの経過を知られないと思いまして……」

「そこまでしますかね普通……」

その正体は武田さんだった。最初の「あっ……」でなんとなく気づいてたけどさ。

どうやら武田さんは徹底してジャジャーンをやりたいようだ。そこまでして俺を驚かせて叶えてもらいたいお願い事とはいったいなんなのだろうか。

武田さんは少し俯《うつむ》いたあとにボソッと呟《つぶや》いた。

「それに……やっぱり佐原くんと会えないのは寂しいので……」

「へ？」

「わ、私はこれからお母さんとお夕飯を作るのでっ、おっ、お風呂ごゆっくり！」

武田さんは急に大声を出すとそそくさとキッチンのほうへと消えていった。

俺は風呂の湯に浸かっていつものリラックスタイム。のはずが、なんだろう。

設定温度は42度。いつもと変わらない適温なのに、今日はやけに熱く感じた……。

◇

風呂から上がってリビングに入ると、虎に料理を教わる母さんの姿があった。美紀《みき》も平然とソファで寛いでる。

前から思ってたが、うちの家族の適応力の高さはいったいなんなんだ。もう少しさ、疑問に思わないのか。

この非日常感を。

「なぁ妹よ」

「なんだね兄よ」

「キッチンに虎がいるな」

「虎がいますな」

「おかしいと思わないか？」

「可愛いと思う」

美紀が虎好きなんて初耳だぞ。

妹よ、虎はネコ科だがいくら猫好きでも危険なものは危険なのだぞ。確かに海外では虎を飼っていたりするが、一歩飼育方法を間違えればガブリだ。

「どうしてあそこまでする必要があるんだろうな」

「はぁ～、お兄ちゃんはやっぱダメだね～。そんなんだから……」

「そんなんだから？」

「おっと、なんでもな～い」

「そこまで言ったなら全部言ってしまいなさい。こちょこちょの刑だぞ。この間のプリンの恨みを喰《く》らえ」

「くひっ、やめっ、くすぐった。ふひひひ……お、お兄ちゃん全然気づいてないでしょっ、くひっ、千鶴《ちづる》お姉ちゃんがだんだん痩《や》せてってることにっ。ふひひっ……最近はお目々もぱっちりしてきてるってのにっ」

「え？　そんな変わってる？　ほぼ毎日見てるから全然気づかないんだけど……」

くすぐる手を止めてキッチンにいる武田《たけだ》さんを確認してみる。

ダメだ、虎になってしまったからもう確認のしようがない。

「はぁ、はぁ……やっぱり気づいてない。ダメだね～、ダメダメ鈍感お兄ちゃんだね～」

「うるさい、こちょこちょの刑バージョンツーだぞ」

「やめっ、ふひひっ」

美紀とじゃれ合ってると虎にご飯ですよって言われた。普通、逆だよね？

今日は武田さんも一緒に夕飯を食べていくみたい。その姿はタイガーマスクだが、もう気にしないでおこう。

武田《たけだ》さんが我が家に来てから、彩り鮮やかな料理たちが食卓を華やかに飾るようになった。

メイン料理はいつもわかりやすいんだけど、ほかは料理をしない俺には言語化できない。

前になんの料理なのか武田さんに訊《き》いてみたことがある。あのときはスペインの郷土料理をアレンジした料理名だったか。

えーっと、なんだったかな……マル……マル、マルミタコ？　っていうタコが入ってるんだっけ。いや、丸いタコが入ってないよって美紀《みき》と騒いだわ。そこにラビオリとかいうパスタが加わり、突然イタリア要素が出てきて脳がバグる。俺はそれ以来考えるのをやめた。

いいじゃない。とにかく美味《うま》い料理が出てくるようになったんだから、いいじゃないの。


テーブルに着いて並べられた料理を確認した。

武田さんと父さんだけは別メニュー。父さんはいつもの減量期に入ったようだ。

「美味い……美味すぎる……減量期にこんな美味い飯が食えるなんて……あぁ、千鶴《ちづる》さま……」

父さんは泣きながら夢中で料理を口に運んでいる。

どうやら既に父さんは、虎にガブリと噛《か》み付かれてしまったようだ。

父さんのことは放っておいて、俺も飯にありつくことにしよう。

今日のメインはロースカツだ。特製の醤油《しょうゆ》ベースのタレをかけていただこう。

サクッ、ジュワ〜ッ。

噛んだ際の軽快な食感とは反して重厚な肉汁が口の中に広がり、そこにかけたタレが調和すると舌の上で旨味《うまみ》が爆発する。

それはさながら不在だったドラマーがライブに途中参戦し、オーディエンスが一斉に沸き立つ光景のよう。

「武田さん、今日もめちゃうま最高」

「ふふっ佐原《さはら》くん、それは今日お母さんが作ったんですよ？」

「なんですと!?　母さん美味いよ。腕を上げたね、免許皆伝だ！」

「ありがと。けどなんであんたが勝手に免許皆伝してんのよ。まだ十分の一も教わりきってないわ」

武田さんに弟子入りした母さんは一時期どうなることかと思ったが、こうして着実に腕を上げていることは間違いない。

それにしても武田さんはどこで料理を教わったんだろう。もしかして独学か？

これぞ生まれ持った才能ってやつですかね。ちょっと聞いてみよ。

「それにしても武田さんはなんでそんなに料理うまいの？」

「母が料理好きだったので、物心ついたときには自然とキッチンに立ってました。あまり教わったという感覚はなくて、気がついたら自然と身についていたというほうが表現としては適切かもしれません」

「へぇ～、そうなんだ。武田《たけだ》さんのお母さんは料理関係の仕事してるとか？　もはや趣味とかいうレベルじゃないような気がする」

「……そうですね」

「なんだろうなぁ～、あっ、もしかして料理研――」

「違います」

「料理――」

「違います」

かぶせて否定された。2回目も即行で否定されました。何かあるんだろうな。あまり聞かないでおこう。

武田さんは咳払《せき》いをすると、この話題は終わりと言わんばかりにお題を変えてきた。

「ところで佐原《さはら》くん、この間のプールはどうでしたか？」

「楽しかったよ。武田さんも来ればよかったのに」

「立花《たちばな》さんと……変なことしてないですよね？」

「…………し、してないよ。何を言い出すんだね武田氏は」

ず。

だが待ってほしい。いろいろと不可抗力なのだ。一つ一つ丁寧に説明すれば絶対に伝わるは

タイガーマスクの隙間《すきま》から覗《のぞ》く瞳は鋭く、獲物を狩る本物の虎のよう。

「したんですね？」

俺は今からムツゴ○ウさんだ。

「誤解だよ武田さん。確かに立花さんに日焼け止めをヌリヌリしたり、流れるプールで同じ浮き輪に入ったりはした。けど、かき氷の間接キッスは俺の勘違いだったし、ビキニが外れそうだったからちょっと上からソフトタッチしてしまったくらいなんだよ。決して、断じて、やましいことはなにもなかったんだよ」

「あ……アウトじゃないですか！　はぁ……こんなことなら私も行けばよかったです……」

武田さんをプールに誘ったとき、太っている体型で素肌を晒《さら》したくないと断ってきたけど

……まさか虎の格好で来る予定だったとかじゃないよね。

さすがにプールでその格好はまずいよ。入園前に通報されてリングの上に強制送還ですわ。

とりあえず危機は乗り切ったようだ。ムツゴ○ウモード解除。

あれ、俺なんで必死に弁明してんだろ。

なぜだかマスク越しに伝わるしゅんとした武田さんに、俺は無言で茶碗を差し出した。恒例となっているおかわりの要求に対し、武田さんは何も言わずに茶碗を受け取るとキッチンへと

姿を消す。

「あらぁ、お兄ちゃんやっちゃったね～。ほんと、デリカシーがないんだからー」

「すまんな美紀《みき》、俺は今キッチンにいる虎に対してどう配慮していいのか決めかねているのだ」

「そんなことしてるといつかガブッと噛《か》まれちゃうよ？」

「できれば甘噛みでお願いします」

「あのねお兄ちゃん、虎は２頭いるんだよ？」

「え、どういう――」

「お待たせしました」

「ありがとう武田《たけだ》さん」

武田さんからホカホカのご飯が盛られた茶碗を受け取り、再びロースカツをおかずに食べ進めた。ウマウマ。

深いことは考えずに今は飯に集中しよう。

◇

晩飯後に美紀がゲームのコントローラーを俺に手渡してきた。ゲームソフトはこの間やった格ゲーだ。

これはこの間のリベンジのチャンス。今度こそボコボコにしたらぁ。

しかし対戦相手は美紀ではなく、ゲーム初心者の武田さんだった。

武田さんが使用するのはブランカ。緑色の肌をしたゴリラのようなキャラだ。

まぁ？　相手は武田さんだし？　ちょっと手加減してやらんでもない。

いざ、尋常に勝負！

そりゃ、くらえ、こりゃ……くっ、ちょ、ちょっと手加減しすぎたかなぁ。次だ次。

ふりゃ、くらえ、瞬獄殺《しゅんごくさつ》——スカッ。

あ、あれれ？　あれれれれ？　ちょ、武田さん、強くね？


ガブガブガブガブガブガブ。


「あぁぁぁぁぁぁ！　や、やめて、死んじゃう～！」

どうやら俺の知らないところで、美紀は密《ひそ》かに虎の牙《きば》を研いでいたらしい。

こうして佐原《さはら》家に1頭の虎が加わり、非日常が続いてゆく。ほんとおかしいだろ。

これから始まる夏休み——俺にはどんな日々が待ち受けているのだろうか。

## 【花】が咲くまえに

「やっぱり……かっこいいなぁ」

お風呂上がりの火照った体で自室の扉を閉めると、自然とそんな独り言がこぼれた。

じっと目を離さずに向かい側の壁に歩を進め、飾られた1枚の絵の前で立ち止まる。

どうしてかな。毎日見てるのに、とっても愛《いと》おしくて、すごく可愛く見えるの。

私のは、ず、なのに、変なの。

カーペットで四つんばいになって、スキンケア用品が入ったバスケットに手を伸ばす。

んー、この間買った新しいやつ試そうかな。

少し迷いながら1本のボディクリームを手に取り、キャップを開けて手のひらに垂らしていく。目安は五百円硬貨くらい。

「あっ、いい匂い……当たりかも」

すぐに塗りたい欲求を我慢し、両手を合わせて人肌程度まで温めてあげる。こうすることで効果が高まるらしい。

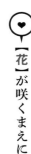

それが終わったら右足全体にのばし、くるくると優しく塗り込んでいく。

すっと肌に染み込んでいくこの感じ。

相性は良さそう。

それにしても夏の部屋着は足が出てるから塗りやすくていい。

裾《すそ》がある部屋着のとき、先にボディクリームを取り出しちゃうおっちょこちょいをしてしまうことがあるから。

毎日のお手入れは大変だけど、お風呂上がりに決まってこの絵の前に立つとめんどうな気持ちは自然と吹き飛んでいく。


ちょっとでも理想に近づきたい。そんな気持ちが湧《わ》き立つから。

私も少しは強くなれたかなぁ。そしたら、ね。今度は私が護《まも》ってあげるから――。


夜のスキンケアを全て終わらせると、メガネをベッド脇に置いて早めに床に就くことにした。

明日のエサどうしよう……なんでもいっか。

寝る前にメールしようかと思ったけど、今日は遅いからやめとこ。

あんまりしつこいと嫌われちゃうっていうし。だから私は心の中で言うの。

それじゃあ、おやすみ――葉《よう》くん。

――眠りにつくまで、毎日毎日、忘れないように思い出す。

大切な思い出にラミネートして、この想いが色あせないように。

この先もずっと、あの頃の気持ちを閉じ込めるように。

脳裏に浮かぶのはあの日の光景。泣いて、泣きじゃくって、涙でかすんでゆく淡い夕空。

ひとりぼっち――約束を破った、泣き虫な私。

了

# あとがき

はじめまして、冬条一と申します。

この度、小学館ガガガ文庫様から本作『高嶺《たかね》の花には逆らえない』で作家デビューとなりました。まずはお手に取っていただき、ありがとうございます。

少しだけ、この本を出すことになった経緯をお話しさせていただきます。しばらくの間、お付き合いください。


私が初めて小説を書いたのは、2年前のある日のことでした。

夢で見た内容を小説風にアレンジしながらスマホのメモに打ち込み、その日のうちに小説投稿サイトへ投稿したのが全ての始まりです。それまでは小説を書こう、投稿して読んでもらおうなど全く考えたこともなかったので、本当に突拍子もない行動だったと思います。

『書き溜めた残りの2話を投稿したら、もうやめよう』

作家を目指していたわけではなかったので、そのつもりでいました。

他の人が投稿している作品を読んでいると……。

〝感想が書かれました〟

そんな通知が画面に映し出されたのは、投稿してから1時間も経たないうちの出来事です。

何を書かれたのか、不安になりながら感想の画面を開くことに……。

そこには、とても丁寧なアドバイスと「続きを楽しみにしています」ということが書かれていました。普通の嬉《うれ》しいとは違った、むずがゆい、変な感覚だったのを覚えています。

それから最後のつもりでいた3話目を投稿したところでまた、感想が書かれます。

「これからも頑張ってください」

最初に感想をくれた方でした。

『読んでくれる人がいるなら、もう少し続けてみようかな』

少しずつ、小説を書くことが増えていきます。

小説の投稿を1年続けたところで、当時書いていた小説がシリアスな展開だったこともあり、今度は明るい小説が書きたいと思い立って本作の執筆を始めました。

最初はちょっとした息抜きのつもりだったので、読まれなかったら更新をやめていたかもしれません。

ですが、私が思っていた以上にたくさんの方から応援をいただき、更新をしばらく続けたところで、ガガガ文庫様から書籍化の打診をいただくこととなりました。

そこから書籍化の企画が始まり、1年と2か月の歳月を経て、たくさんの方々にご協力をいただき、ようやく1冊の本として形を成すことができました。

もしも最初に感想をもらっていなかったら、もう小説は書いていなかったかもしれません。

もしも応援がなかったら、続きの更新をしていなかったかもしれません。

もしも担当編集が読んでいなかったら、どこからも出版されていなかったかもしれません。

こうしてたくさんの偶然から始まった書籍化ではありますが、毎日小説のことを考え、どうしたら面白くなるのか、頭を悩ませながら執筆を続けてまいりました。

少しでも多くの方に本作を読んでいただき、くすりと笑って、心から面白かったと思っていただけたなら、筆を執った身として大変嬉《うれ》しく思います。

長くなりましたが、お付き合いいただきありがとうございました。


ここからは謝辞に入ります。

まずはたくさんの応援をくださった読者の皆様、本当にありがとうございます。

まだ物語は続きますので、終着点までどうかお付き合いください。

担当編集の大米さん。書きかけの小説に可能性を見出してくださり、ありがとうございます。また、丁寧に最後まで優しく教えていただいたことにも感謝を。引き続き、よろしくお願いします。

編集長の星野さん。書籍化の許可を出してくださり、ありがとうございます。これからお手数をおかけすることになるかもしれませんが、引き続きよろしくお願いします。

イラストを担当してくださったここあ先生。漫画のお仕事で大変お忙しい中、お引き受けいただきありがとうございます。

本作に出てくる犬のココア繋《つな》がりで何か運命のようなものを感じ、ここあ先生のイラストを見たとき、とても心が魅かれたのを覚えています。頂いたラフを見た瞬間――担当編集にここあ先生を猛プッシュしたのは間違いではなかったのだと、強く確信いたしました。

素晴らしいイラストを、ありがとうございました。引き続き、よろしくお願いします。

最後になりますが、編集部の皆様、校正さん、デザイナーさんを始め、本作が読者の皆様に届くまでご尽力いただいた全ての方々へ。ありがとうございました。

エピローグにあるとおり、続刊は葉《よう》の夏休み編となります。続きが気になるという方は、ぜひ応援のほどよろしくお願いいたします。

それでは――2巻の刊行に向けて、執筆に努めて参ります。

冬条　一

# 千歳くんはラムネ瓶のなか

著／裕夢《ひろむ》
イラスト／raems《レームズ》
定価：本体 630 円＋税

千歳朔は、陰でヤリチン糞野郎と叩かれながらも学内トップカーストに君臨するリア充である。円滑に新クラスをスタートさせたのも束の間、とある引きこもり生徒の更生を頼まれて……？　青春ラブコメの新風きたる！

# ガガガ文庫5月刊

## 呪剣の姫のオーバーキル ～とっくにライフは零なのに～ 4

著／川岸殴魚《かわぎしおうぎょ》

イラスト／ SO品《そひん》

メッソル率いる変異魔獣軍が辺境府メルタートを襲来。 シェイと仲間達は因縁を断ち切るため、辺境の命運を懸けた戦いへと臨む。古の力が目覚めしとき、屍喰らいは新たな姿へと生まれ変わり、戦いは神話の舞台へ——

ISBN978-4-09-453067-4（ガか5-34）　定価682円（税込）

## 青春絶対つぶすマンな俺に救いはいらない。2

著／境田吉孝《さかいだよしたか》

イラスト／U35《うみこ》

学歴コンプ持ちのビリギャル——仲里杏奈。 狭山とは、 補習クラスの腐れ縁である。 案の定、 藤崎に目を付けられ、 ふたりして留年回避プロジェクトに挑むのだが——？ “痛”青春ラブコメ、 第2弾！

ISBN978-4-09-451693-7（ガさ7-3）　定価759円（税込）

## 高嶺の花には逆らえない

著／冬条《とうじょう》 一《はじめ》

イラスト／ここあ

佐原葉は、学校一の美少女・立花あいりに一目惚れをした。 友人に恋愛相談をしていたが、応援をするフリをして好きな子を奪われてしまう。落ち込む葉だが、翌日学校で会った友人はなぜかスキンヘッドになっていて!?

ISBN978-4-09-453068-1（ガと5-1）　定価726円（税込）

## 転生で得たスキルがFランクだったが、前世で助けた動物たちが神獣になって恩返しにきてくれた3 ～もふもふハーレムで成り上がり～

著／虹元喜多朗《にじもときたろう》

イラスト／ねめ猫《ねこ》⑥

クゥの故郷・ハウトの丘を訪れるシルバたち。 預言スキルを持つクゥの育ての親メアリはシルバが救世主だと告げる。一方、ハウトの村には勇者と呼ばれる少女エリスがいた。真の英雄を決めるため救世主と勇者が対決！

ISBN978-4-09-453069-8（ガに3-3）　定価660円（税込）

GAGAGA

ガガガ文庫

# 高嶺の花には逆らえない

冬条 一


発行　2022年5月23日　初版第1刷発行

発行人　鳥光 裕

編集人　星野博規

編集　大米 稔

発行所　株式会社小学館
〒101-8001 東京都千代田区一ツ橋2-3-1
［編集］03-3230-9343　［販売］03-5281-3556

カバー印刷　株式会社美松堂

印刷・製本　図書印刷株式会社





Printed in Japan ISBN978-4-09-453068-1

# 第17回小学館ライトノベル大賞
# 応募要項!!!!!!!!!!!!!!!!!!!!!!!!!!!!!!!

## ゲスト審査員は武内 崇氏!!!!!!!!!!!!!!!

**大賞：200万円＆デビュー確約**
**ガガガ賞：100万円＆デビュー確約**
**優秀賞：50万円＆デビュー確約**
**審査員特別賞：50万円＆デビュー確約**

## 第一次審査通過者全員に、評価シート＆寸評をお送りします

**内容** ビジュアルが付くことを意識した、エンターテインメント小説であること。ファンタジー、ミステリー、恋愛、ＳＦなどジャンルは不問。商業的に未発表作品であること。
（同人誌や営利目的でない個人のWEB上での作品掲載は可。その場合は同人誌名またはサイト名を明記のこと）

**選考** ガガガ文庫編集部＋ゲスト審査員 武内 崇

**資格** プロ・アマ・年齢不問

**原稿枚数** ワープロ原稿の規定書式【１枚に42字×34行、縦書きで印刷のこと】で、70～150枚。
※手書き原稿での応募は不可。

**応募方法** 次の3点を番号順に重ね合わせ、右上をクリップ等（※紐は不可）で綴じて送ってください。
① 作品タイトル、原稿枚数、郵便番号、住所、氏名（本名、ペンネーム使用の場合はペンネームも併記）、年齢、略歴、電話番号の順に明記した紙
② 800字以内であらすじ
③ 応募作品（必ずページ順に番号をふること）

**応募先** 〒101-8001 東京都千代田区一ツ橋 2-3-1
小学館　第四コミック局　ライトノベル大賞係

**Webでの応募**　GAGAGA WIREの小学館ライトノベル大賞ページから専用の作品投稿フォームにアクセス、必要情報を入力の上、ご応募ください。
※データ形式は、テキスト（txt）、ワード（doc、docx）のみとなります。
※Webと郵送で同一作品の応募はしないようにしてください。
※同一回の応募において、改稿版を含め同じ作品は一度しか投稿できません。よく推敲の上、アップロードください。

**締め切り** 2022年9月末日（当日消印有効）
※Web投稿は日付変更までにアップロード完了。

**発表** 2023年3月刊『ガ報』、及びガガガ文庫公式WEBサイトGAGAGAWIREにて

**注意** ○応募作品は返却致しません。○選考に関するお問い合わせには応じられません。○二重投稿作品はいっさい受け付けません。○受賞作品の出版権及び映像化、コミック化、ゲーム化などの二次使用権はすべて小学館に帰属します。別途、規定の印税をお支払いいたします。○応募された方の個人情報は、本大賞以外の目的に利用することはありません。○事故防止の観点から、追跡サービス等が可能な配送方法を利用されることをおすすめします。○作品を複数応募する場合は、一作品ごとに別々の封筒に入れてご応募ください。